마왕학원의 반역자

~인류 최초의 마왕후보, 권속 소녀와 왕좌를 노린다~

맹세합니다.
히메가미 리제르는 모든 것을 바쳐
유우토를 위해 헌신하겠습니다.

히메가미 리제르

고2. 유우토의 아르카나 '러버즈'의 퀸.
유우토를 차기 마왕으로 만들어주겠다고
꾀어낸 장본인이며 착실하고 성실한 누님.
유우토를 정말 좋아하며 전투에서 선봉에
서는 것에 그치지 않고, 다양한 상황에서
유우토의 첫 번째가 되려고 한다.

레, 레이나의 수영복, 그렇게 좋은가요?

코이와이 레이나

중2. 유우토의 아르카나 '러버즈'의 나이트. 마음씨 착한 후배로 무슨 일이든 걱정해준다. 유우토를 정말 좋아하는데 상냥하게 어시스트해주고 지켜주고 싶다는 마음이 강해. 유우토에게 있어서는 치유가 되고 천사와 같은 존재.

자신의 손으로 확인해보고 처음으로 실감하는 미야비의 엉덩이의 볼륨감. 그야말로 경이로웠다.

힉?! 응냐아아아아아아아아아아아아아아아아아아♡

유우가오제 미야비

고1. 유우토의 아르카나 '러버즈'의 프린세스. 날라리 같고 기가 세 보이는 분위기를 내는 것과는 반대로 밀어붙이는데 약한 여자. 유우토를 정말 좋아하며, 때때로 유우토를 두고 리제르 선배와 다투기도 한다. 마술로 강화한 육체로 구사하는 타격 공격이 특기.

아스피테 라인

고2. '월드' 아르카나를 가진 마왕 후보. 자기
과시욕이 굉장히 강하다. 리제르를 '월드'의
퀸으로 삼으려고 노리고 있다.

누가 내 이름을
부르는 것을 허락했나?

아스피테!
리제르 선배를 풀어줘!!

모리오카 유우토

고1. '러버즈' 아르카나를 가진 마왕 후보.
아르카나가 부여하는 마법 지식과 동료들의
지도로 순식간에 두각을 나타낸다.

SERVICE

마왕학원의
반역자

쿠지 마사무네 지음 / kakao 일러스트 / 박정철 옮김

커버 · 컬러내지 · 본문 일러스트
kakao

Prologue

정신을 차리니 히메가미 리제르 선배가 내 위에 올라타 있었다.

"정신이 들었어? 유우토."

리제르 선배는 나에게 부드럽게 미소 지으며 고개를 살짝 기울였다. 곱고 긴 흑발이 사락거리며 어깨에서 가슴으로 흘러내렸다.

두 개의 풍만한 산을 피하듯이 흐르는 검은색이 하얀 피부에 비쳐서 아름다웠다.

크게 부풀어 오른 두 가슴에는 속이 비쳐 보일 것만 같은 검은 속옷이 있었다. 하지만 어깨끈은 풀려있어서 가슴에 겨우 걸쳐 있는 상태였다.

고개를 들어 자신의 하반신을 보려고 하니, 하반신 대신 선배의 가터벨트와 검은 스타킹에 감싸인 허벅지, 그리고 브래지어와 세트인 팬티가 눈에 들어왔다.

너무 위험한 광경이었다.

다시 베개에 머리를 기대니 선배의 가슴이 다시 눈에 들어왔다. 안 그래도 가슴이 큰데 밑에서 올려다보니 박력이 배가되었다.

가슴이 아니라 부드럽게 미소 짓는 선배의 얼굴을 보려고 했지만, 그 얼굴은 가슴 너머에 있어서 아무래도 가슴이 신경이 쓰였다.

"어, 저기…… 여긴."

어디인지 물어보려다가 익숙한 방이라는 걸 깨달았다.

그리고 등에는 편안한 침대의 감촉이 느껴졌다.

세상이 넓다고는 하지만 대기실 비품으로 킹사이즈 침대가 허용되는 곳은 이곳 사립 긴세이 학원── 통칭 '마왕학원' 정도밖에 없을 것이다.

"나, 또 마력을 너무 많이 써서 정신을 잃은 건가…… 죄송해요. 번거롭게 해서."

하지만 리제르 선배는 고개를 저었다. 그때 머리칼이 흔들리고 가슴도 흔들렸다. 브래지어가 당장이라도 떨어질 것 같았다.

"그렇지 않아. 유우토는 오늘도 열심히 했어. 그러니까……."

리제르 선배는 촉촉한 눈동자로 매혹적인 미소를 지었다.

"우리가 잔뜩 봉사해서 치유하고 회복시켜줄게♥"

그때, 오른팔이 엄청난 탄력을 가진 것 사이에 끼었다.

오른쪽을 보니, 금발 갸루가 내 오른팔을 안고 누워있었다.

"오늘 유우토는 반짝~ 해서 멋졌잖아! 에헤헤, 나도 힘내서 샤라랑 하고 치유해줄게! 잔~뜩 기분 좋아져야 해♡"

말하는 내용에 의성어가 너무 많아 살짝 의미를 이해할 수 없는 사람은── 유우가오제 미야비.

나와 똑같은 학년인 1학년인데 규격을 벗어나는 폭유에 커다란 엉덩이, 탱탱한 허벅지 등, 굉장히 선정적인 몸매를 가지고 있다.

그야말로 흉기와 다름없는 몸을 나에게 꾹꾹 밀어붙여 왔다.

왼팔에는 대조적인 감촉.

"레이나도, 레이나도, 열심히 주인님을 치유해 드릴게요."

왼쪽을 보니 은색 머리칼이 보였다.

애티가 남아있는 귀여운 얼굴에 한껏 노력하는 모습을 보이는 소녀가 있었다.

코이와이 레이나. 아직 13살인 중등부 2학년.

몸집이 작고 굴곡 없이 평평한 몸매를 가지고 있지만, 갸륵하게도 무리해서 섹시한 란제리를 입고 자신의 몸을 내 몸의 왼편에 밀착시키고 있었다.

"유우토 씨, 유우토 씨? 아픈 곳은 없나요? 기분이 나쁘진 않나요? 아, 배가 고프지는…… 앗! 목은 마르지 않나요?!"

레이나는 나를 너무 아이처럼 대한다고 해야 할까, 과보호를 한다…… 내가 연상인데.

그때 복근에 굉장히 섬세한 천의 감촉을 느꼈다.

올려다보니, 양손으로 가슴 끝을 가리고 있는 리제르 선배가 요염하게 웃고 있었다.

"유우토…… 우리 몸으로 몇 번이든 회복시켜줄게. 그리고 반드시 널 '차기 마왕'으로 만들어 보이겠어."

내 이름은 모리오카 유우토.

한 달 전까지는 평범한 고등학생이었다.

하지만 지금은 악마들이 다니는 마왕학원의 학생이자 차기 마왕 후보다.

설마 이렇게 훌륭한 미소녀 세 명에게 치유를 받는 나날이 기다리고 있을 줄은 상상도 못 하고 있었다.

이렇게 헌신해주는 그녀들을 위해서라도 난 반드시 마왕이 될 것이다.

하지만 적 또한 나와 마찬가지로 '마왕의 아르카나'를 가진 차기 마왕 후보.

보통 수단으로는 뛰어넘을 수 없는 궁극의 괴물들.

그런 선발된 정예 마족에 비하면 난 아무 특별할 것 없는 평범한 인간일 뿐이다.

그래도 난 이겨야만 한다.

그것이 '마왕의 아르카나'를 손에 쥔 그날,

——그날 아침부터 시작된 나의 운명이니까.

‘눈을 뜨세요.’

"음……."

‘눈을 뜨세요. 나의 주인이여.’

난 침대 속에서 몸을 꾸물거리며 움직였다.

뭐지, 이 목소리는? 익숙한 알람 소리가 아니다. 스마트폰의 기본 설정된 전자음도 아니고 어머니의 목소리도 아니었다.

어딘가 기계적인 여자의 목소리…… 그리고 말투가 이상하다. 뭐야, 주인이라니.

"……잠결에 이상한 사운드로 설정해버렸나?"

눈을 비비며 일어났다.

"……뭐야 이건?"

머리맡에 한 장의 카드가 놓여있었다.

반짝반짝 빛나는 아름다운 카드. 나체의 남녀가 마주 보고 있었고, 그 안쪽에는 축복하는 듯한 천사의 모습이 그려져 있었다.

‘마왕의 아르카나――【러버즈】의 아르카나입니다.’

머릿속에 조금 전에 들은 목소리가 울리기에, 난 머리맡에 있는 카드를 주웠다.

이 카드가 말하고 있는…… 건가?

그런 바보 같은 일은 있을 수 없다고 생각하면서도 그렇다는 생각밖에 들지 않았다. 애초에 왜 이런 물건이 여기에 있는 거지? 아버지나 어머니 건가?

난 잠옷을 입은 채로 계단을 내려가 1층에 있는 거실로 향했다. 부엌에는 아침 식사 준비를 하는 어머니가 있었다. 거실의 소파에는 태블릿으로 인터넷 뉴스를 보고 있는 아버지가 있었다.

둘 다 40대 전후인데 외모는 묘하게 젊었다. 그런 두 사람 중에 누구에게 말을 걸지 망설이다가 한가해 보이는 아버지에게 카드를 보여줬다.

"저기, 아빠가 내 머리맡에 이거 뒀어?"

"응? 무슨 소리냐, 아침 인사도 안 하고——."

내가 손에 쥔 카드를 본 아버지는 말을 잃었다. 손에서 미끄러져 떨어진 태블릿이 발등을 직격해도 미동도 하지 않았다.

"아니 잠깐만, 방금 거 안 아팠——."

"여! 여보!! 큰일, 큰일이야아아아아아아아!!"

아버지의 갑작스런 절규를 듣고 어머니가 황급히 왔다.

"무슨 일이야?! 여보!!"

"유, 유우토가…… 유우토가 차기 마왕 후보로 선택됐다고오오오오오오오오오오오오!!"

"엑?!"

어머니도 카드를 보자마자 굳었다. 순식간에 그 눈에 눈물이 차올랐다.

"아니…… 왜, 왜 그래? 엄——."

"유우야아아아아아아아아아아아아아아아아아아아아아아아아아아아아아아아!!"

갑자기 안겼다.

"잠깐?! 잠깐만?!"

뭐야 이거?! 어머니한테 안기는 건 초등학생 때 이후로 처음이라고! 그보다 둘 다 도대체 왜 그러는 거야?!

도움을 구하려고 아버지를 봤지만, 아버지도 눈물을 글썽이고 있었다.

"아, 아, 알겠냐 유우토. 지, 지지지지 진정하고 자자자 잘 들어라."

"아, 어어…… 우선 아빠부터 진정해."

"네가 들고 있는 건 '마왕의 아르카나'다."

──마왕의 아르카나?

"유우토는 타로카드를 알고 있나?"

"뭐 일단은…… 점 같은 걸 볼 때 쓰는 거지?"

"그래. 타로카드에는 메이저 아르카나와 마이너 아르카나라는 두 종류의 카드가 있다. 이건 메이저 아르카나 중 한 장인…… 연인의 아르카나, 【러버즈】다. 아빠도 처음 본다만."

난 다시 'THE LOVERS'라고 적힌 카드를 바라봤다.

"흐음…… 어라? 그럼 이걸 머리맡에 둔 건 아빠도 엄마도 아냐? 그럼 왜──."

어머니는 내 팔을 잡고 힘껏 앞뒤로 붕붕 흔들었다.

"유우가 차기 마왕 후보로 선택됐기 때문이야!!"

──차기 마왕 후보?

난 부모님이 제정신인지 의심했다.

설마 이 나이를 먹고도 중2병을 앓고 있을 줄이야. 내 부모님이지만 얕볼 수 없었다.

"사실은 말이다…… 아빠와 엄마는 마족── 그러니까, 악마를 위해 일하고 있단다……."

하마터면 정신을 잃을 뻔했다.

"무슨 소리야? 뭔가 수상한 종교에 빠져있다는 거야?"

"그게 아니다. 악마와 계약했다는 말이다."

이건 상당히 중증이다. 글러 먹었다. 당장 무슨 수를 써야한다.

"아빠가 취직에 실패해서 말이다…… 그때 악마의 권유를 받았단다. 조건도 보통 회사에 취직하는 것보다 훨씬 좋았고…… 뭐, 그래서 악마가 경영하는 회사에 들어가서 악마가 인간 세상에서 활동하기 쉽도록 지원하는 일을 하고 있지."

"흐, 흐음…… 그, 악마라는 건 싫어하는 상사를 비유한 거 아니야?"

"갑자기 이런 말을 들어도 믿을 수 없겠지만…… 예를 들면 말이다."

아버지가 손을 펼치자 손바닥에서 작은 불꽃이 나왔다.

"어?!"

뭐야 이거? 마술?

"말해두겠지만, 단순한 속임수가 아니다."

난 아버지의 손바닥을 철저하게 확인했지만 아무런 장치도 찾을 수 없었다. 아버지는 씨익 웃으며 왼손 약지에 끼고 있는 반지를 보여줬다.

"악마에게서 받은 반지의 힘이다. 10년 근속 보상으로 받았다고."

묘하게 기쁜 듯이 과시했다. 아니, 그거 결혼반지 아니었어?

"당신도 보여줘."

"그렇네…… 아!"

부엌의 프라이팬에 불을 계속 켜둔 걸 알아차린 어머니는 가스레인지에 손을 뻗었다. 그러자 가스 조정 다이얼이 회전하여 불이 꺼졌다.

"……진짜?"

갑자기 어머니가 루크 스카이워커로 보이기 시작했다.

"이런 것밖에 못 하지만…… 아, 그래도 이 반지는 안티 에이징 효과가 있어! 그것만큼은 최고지!"

어머니도 왼손 약지에 낀 반지를 보여줬다. 그건 그렇고, 이 둘의 이야기를 듣고 있으니 악마라는 존재가 이상하게 가볍게 느껴지네…….

"엄마와 아빠는 차라리 인간보다 악마가 되어 살고 싶다는…… 그런 생각을 한 적도 있었어. 하지만——."

"인간은 악마가 될 수 없지. 인간이 노력해도 명예 마족이라는 칭호를 받는 정도야. 그것도 상당한 공헌을 하지 않는 이상은 무리지."

"이 반지의 안티 에이징 효과는 대단하지만…… 그걸 제외하면 요리할 때 도움이 되는 정도야. 아빠의 반지는 캠핑 가서 불을 피울 때 정도밖에 도움이 안 돼."

그렇게까지 말할 필요는 없는데. 어머니, 은근히 심한 말 하네.

아버지도 살짝 상처받은 표정을 짓고 있었지만, 금방 회복하고 나에게 말했다.

"마족의 세상에는 엄격한 신분 제도가 있다. 그래서 포기하고 있었는데…… 그런데, 설마 네가…….."

아버지는 손으로 눈물이 그렁그렁한 눈을 비볐다.

"아, 아무튼 말이다. 이렇게 됐으니 바로 전학 절차를 밟아야지."

"뭐? 전학?"

그렇게 물어보니 어머니가 다시 내 몸을 붕붕 흔들었다.

"그래! 그렇다구! 아아! 유우가 그 긴세이 학원의 학생이 되다니! 엄마는 기쁘단다!!"

"아니, 잠깐만! 갑자기 전학이라니?!"

어머니는 기쁨의 눈물을 손끝으로 닦고 숨을 몰아쉬면서 대답했다.

"차기 마왕 후보는 긴세이 학원에 다녀야 한다는 규칙이 있어."

"도대체 뭐야…… 그 긴세이 학원이라는 건."

난 의문을 품은 눈빛으로 아버지를 봤다. 그러자 아버지는 눈물을 머금은 얼굴로 끄덕였다.

"긴세이 학원—— 통칭 '마왕학원'. 귀족이나 상류계급의 마족이 다니는 학원이다."

——마왕학원.

사실은 악마를 위해 일하고 있다던가, 마왕 후보라던가, 악마가 다니는 학원에 전학이라던가 하는 충격적인 전개가 줄줄이 사탕처럼 이어져서 정신을 잃을 것만 같았다.

게다가 그 마왕학원이라는 곳에 전학하는 건 불가피한 일이라고 한다. 정말 기뻐하는 부모님의 얼굴을 보고 있으니 거부하는 게 미안하다는 생각이 들었다.

그리고 솔직히 말하자면 살짝 두근거리기도 했다. 평범한 매일에 불만이 있는 건 아니다.

하지만 신기한 일도 기적도 없다고 생각하던 이 세상에 설마하던 특별한 세상이 있다는 걸 알고 가슴이 뛰지 않는 남자는 없을 것이다.

게다가 그곳에 발을 들여놓을 자격을 받을 수 있다고 한다.

그렇다면──

"갈게. 마왕학원."

◇ ◇ ◇

그렇다고 해서 다음날에 바로 전학을 갈 순 없었다.

새 교복을 맞추고 수속을 진행하고 이런저런 일을 하는 사이에 일주일이 지났다.

그 사이에 지금까지 다니던 학교에도 전학신고서를 내고 인사해야 하는 사람에게 인사를 했다.

교실에서 모두에게 인사를 하고 수업 중에 혼자 학교를 뒤로하니, 어쩐지 쓸쓸한 기분이 들었다.

하지만 감상에 젖어있는 것도 잠시, 난 새로운 학교에 왔다.

"긴세이 학원이라……."

사전에 받은 학원 설명서에 따르면 초등부, 중등부, 고등부로 이루어진 대형 학교로, 마족을 위한 학교로서는 최대의 규모를 자랑한다.

광대한 부지에 충실한 설비. 교외에 있다고는 해도, 잘도 이런 학원이 일반인에게 알려지지 않고 존재하고 있구나―― 라는 생각을 했는데, 학원에 건 주술적인 결계의 효과라고 한다.

주위의 주민은 위화감을 느끼지 않고, 매스컴 등에는 마족의 부하인 권력자가 압력을 가하고 있다나 뭐라나.

그런 수수께끼로 가득한 마왕학원의 교문이 내 눈앞에 있었다.

대문도 훌륭한가 하면, 안에 있는 교사도 호사스러웠다. 건물의 디자인이 멋져서 어떻게 봐도 돈이 들었을 것 같았다.

약간 주눅도 들었지만 마음이 들떴다. 여기선 어떤 일이 기다리고 있을까?

새로운 인생에 기대를 안고 교문을 넘어 교사로 향하는―― 도중, 주위 학생이 날 매우 주목하고 있는 게 신경 쓰였다.

역시 인간이라는 걸 아는 건가? 아무래도 난 마왕학원 최초의 인간 학생이라고 하니 말이야…… 아니면 서민티가 나는 건가? 여긴 마족 중에서도 귀족이나 상류계급의 학생이 많다고 하니.

"정말이지…… 있는 것만으로도 피곤해질 것 같네."

그때, 검은 리무진이 내 옆을 달려서 지나갔다. 교사 입구 앞에 차량 방지턱이 있어서 그곳에 멈췄다.

차가 멈추자 기다리고 있던 학생이 문을 열었다. 차에서 내린 건 회색 머리칼을 가진 미남이었다. 하지만 어딘가 보통 사람과는 달랐다. 다른 사람을 위압하는 분위기를 지닌 남자였다.

뭐랄까, 아우라가 다르다고 해야 할까, 존재감이 차원이 달랐다. 저게 악마의 귀족이라면 납득이 된다.

수면 부족인 것처럼 검고 가라앉은 눈빛은 이 세상의 모든 것을 깔보는 것 같았다. 그리고 내면에 숨겨진 섬뜩한 기운.

그 모든 요소가 이 남자는 인간이 아니라 어떤 다른 생물이라는 사실을 전해주고 있었다.

본능적으로 저 남자는 위험하다는 걸 알아차렸다.

저 남자가 마음만 먹으면, 나 같은 건 한순간에 살해당하리라는 것도.

"……응?"

큰일이다, 눈을 마주쳤다.

하지만 그 남자는 눈살을 살짝 찌푸리기만 하고 교사 안으로 들어갔다.

난 아무 일도 안 일어나서 다행이라며 가슴을 쓸어내렸다. 하지만──

"야, 이 자식아!"

리무진의 문을 연 남자가 날 째려보고 있었다.

머리를 금발로 물들인 경박한 학생이었다. 부잣집 도련님의 이미지와는 상당히 달라서 이런 학생도 있구나 하고 놀랐다.

내가 가만히 있으니, 무시당했다고 생각했는지 눈을 치켜뜨며 내 쪽으로 왔다.

"왜 아스피테 님을 쳐다봤냐? 앙?"

아스피테?

"그건, 조금 전에 리무진에 타고 있던 사람 말이야?"

"당연하지! 무슨 얼빠진 소리를…… 그러고 보니, 너 못 보던 얼굴이구만."

"아아. 오늘부터 전학 왔어."

경박한 학생의 안색이 변했다.

"설마……?! 네놈이 【러버즈】 아르카나를 가지고 있다는 전학생인가?!"

──어, 왜 알고 있는 거지?

경박한 학생은 내 얼굴을 찬찬히 보는 사이에 침착함을 되찾았다. 그리고 당황한 표정을 확 바꿔, 반대로 흉악한 웃음을 지었다.

"이거 운이 좋구만…… 새로운 마왕 후보가 온다는 말은 들었는데, 이렇게 약해 보이는 녀석이었을 줄이야. 아무런 마력도 느껴지지 않아…… 설마, 너 귀족이 아니라 평민이냐?"

"평민이라기보다는…… 인간이야."

경박한 학생은 얼굴을 일그러뜨렸다가 웃음을 빵 터뜨렸다.

"와하하하하하하하하하하하하하!! 이놈 재밌네! 평민은커녕 악마도 아닌 거냐?! 그딴 건 쓰레기잖아~!"

"쓰레기라니…… 무슨 뜻이야?"

"아아, 쓰레기라고 한 건 너무 심했나? 뭐, 돼지지."

"돼지?!"

"우리에게 인간 따위는 돼지와 똑같은 가축이지. 네놈은 언제까지 마왕학원의 교복을 입고 있을 생각이냐! 이 분수도 모르는 놈이! 이 게르트 님에게 말을 건 무례함을 사죄해라! 옷을 벗고 알몸으로 엎드려 절하란 말이다!"

뭐지 이 게르트란 놈은.

뭔가 짜증이 나는 걸 넘어서 기가 막히기 시작했다. 마족에는 이런 놈들밖에 없는 건가?

"듣고 있냐?! 이 새끼야!!"

난 부글부글 끓어오르는 분노를 억눌렀다.

"듣고 있어. 마음에 안 드는 건 이해하지만, 입학 허가는 받았어. 인정해주지 않을래?"

아스피테 라는 놈 정도는 아니지만, 게르트도 나름대로 강하다. 신기하게도 그걸 알 수 있었다.

게르트의 몸에서 묘하게 소용돌이치는 듯한 기운이 느껴졌다. 이게 마력인 걸까? 잘 모르겠지만, 적어도 내가 당해낼 수 있는 상대가 아니라는 것은 확실했다.

그리고 전학 첫날부터 문제를 일으킬 수는 없었다. 이 학원에 다닐 수 있게 되어서 그렇게나 기뻐해 준 부모님을 생각하면, 이 정도의 도발은 참아야지.

"뭐냐 그 말버릇은!! 못 돼먹었군…… 냄새나는 노인네와 할망구 사이에서 태어난 돼지이니 어쩔 수가 없지만 말이야."

……뭐라고?

"아무런 가치도 없는 무능한 노인네와 똥과 애새끼밖에 못 싸는 할망구잖아? 네놈의 부모 말이야."

"……."

난 입술을 꽉 깨물고 입구로 가려고 했다. 하지만,

"어디 갈 생각이냐?! 썩을 돼지 놈아!!"

불러 세워진 순간, 내 안에서 뭔가가 끊어졌다.

"……뭐냐, 말을 지껄이고 있었나. 꿀꿀대며 울고 있어서 몰랐네. 가능하면 인간의 언어로 이야기를 해주지 않겠어?"

"……뭐."

설마 대꾸를 할 줄은 몰랐는지, 게르트는 입을 연 채로 굳어 있었다.

나는 더 다그쳤다.

"네가 얼마나 센지는 모르겠지만 말이야, 힘이 세다고 훌륭한 것도 아니고, 다른 사람에게 존경받는 것도 아니야. 잘 알아두라고."

"이, 이 자식……."

"인간이 소중하게 여기는 건, 마음이다. 올바른 마음가짐으로 살아가는 사람을 존경하지. 지금의 넌 존경할만한 가치가 없어. 오히려 경멸스럽지."

멀찍이 에워싸서 구경하던 학생들이 웅성거리며 떠들기 시작했다.

"야, 저 인간…… 자작 집안의 게르트에게 대들고 있어."

"뭐 저런 겁 없는 녀석이 다 있지. 게르트라고 하면 얼마 전에도 반에 있는 놈을 피떡으로 만들지 않았나?"

"게다가 아스피테 님의 카드로 선택됐잖아? 저 전학생, 어떻게 봐도 그냥 인간이잖아…… 죽겠는데."

……좀 위험했나?

그래도 날 욕하는 건 상관없지만, 아버지나 어머니를 모욕한 건 도저히 용서할 수 없었다── 하지만 여기선 빠르게 물러나는 게 좋을 것 같다.

입구로 가려고 발을 내디딘 순간,

"…… 좋아…… 여기서 죽여주마!!"

게르트의 관자놀이에 핏발이 섰다.

위험하다. 녀석도 완전히 폭발한 것 같다.

"네놈을 죽이면, 아스피테 님도 날 코트 카드로 삼아줄지도 모르니까 말이야!!"

코트 카드? 아니, 그보다 '죽인다'는 흉흉한 말을 하고 있는데?!

이 이상 소동을 크게 만드는 건 위험하다. 지금은 일단 상대를 달래자.

"자자, 좀 진정해. 학교 안에서 싸우는 건 좋지 않잖아?"

내가 한 말은 전혀 귀에 안 들어가는 모양이었다.

갑자기 나이프로 찔리면 어떡하지?

그런 나의 걱정은 아랑곳하지 않고 게르트는 아무것도 쥐지 않은 양손을 나를 향해 펼쳤다.

"【월드】 아르카나를 가진 아스피테 님의 카드인 나에게……
거스른 것을 후회하면서 죽어라!!"

그렇다는 건 방금 전의 남자도 마왕 후보—— 지금은 그런 건
아무래도 상관없다!!

게르트가 펼친 양손에 불꽃이 모이기 시작했다. 그 불꽃은 공
형태를 이루어 격렬하게 회전하고 있었다. 이전에 아버지가 보
여준 것과는 비교도 되지 않는 무서운 화염 마법이었다.

"간다! '파이가'!!"

게르트가 양팔을 내밀자 불덩이가 날아왔다. 피해야 해——,

"?!"

정신을 차리니, 불덩어리는 이미 눈앞에 가까이 다가와 있었다.

빠르다.

피할 수 있는 스피드가 아니다.

너무 갑작스러워서 비명조차 지를 수 없었다.

뭐야 이거.

마왕학원 등교 1일차는커녕 교사에 들어가기 전에 끝이라니.

기뻐해 준 아버지와 어머니에게 죄송하다.

설마 내 인생이 이렇게 끝나게 될 줄이야——,

각오한 순간,

눈앞에서 불꽃이 튕겨 날아갔다.

"아니?!"

불꽃이 보이지 않는 벽에 의해 내 앞에서 막혔다. 아니, 벽이
라기보다는, 반짝이는 마법진.

그리고 그 마법진을 전개하고 있는 여성의 뒷모습이 내 눈 앞을 가리고 있었다.

허리까지 오는 길고 아름다운 흑발. 교복의 치맛자락에서는 검은 스타킹에 감싸인 늘씬한 다리가 뻗어 나와 있었다.

뒷모습만 보고도 틀림없이 미인일 것이라고 확신했다.

그리고 어깨너머로 뒤돌아본 옆모습은 그 확신이 틀리지 않았다는 것을 증명했다.

그림으로 그려낸 듯한 미소녀였다.

어른스러운 표정을 보면 분명 나보다 연상일 것이다. 긴 속눈썹에 티 없이 푸른 눈동자. 아름답고 반짝이는 피부. 핑크빛으로 빛나는 입술이 열리고, 새하얀 이가 살짝 보였다.

"괜찮아?"

산뜻하고 당찬 목소리. 죽을지도 모르는 상황임에도 불구하고 한없이 침착한 태도. 그리고 무엇보다도 그 아름다움. 마치 여신이나 천사가 강림한 듯했다.

아니, 여긴 마왕학원이니, 마녀나 소악마인가── 아니면 서큐버스이거나.

실제로 나를 보기만 했는데도 등줄기가 오싹하고 떨렸다.

불꽃이 사라지고, 게르트가 분노를 담아 외쳤다.

"이 자식…… 히메가미 리제르. 무슨 방해를 하고 자빠졌어! 인마!!"

──히메가미 리제르, 그게 이 사람의 이름인가.

날 보고 살짝 웃고는 다시 게르트를 봤다.

"너야말로. 카드 주제에 주인의 허락도 없이 무단으로 다른 마왕 후보에게 손을 대다니. 나중에 벌을 받을 텐데?"

"끄……."

잠시 위축됐지만 바보 취급당한 것에 대한 분노가 이겼는지 게르트는 얼굴을 새빨갛게 물들이고 침을 뱉으면서 고함쳤다.

"웃기지마! 네놈이야말로 아스피테 님의 소환을 무시하기나 하고! 모처럼 【월드】의 퀸으로 삼아준다고 했는데 말이야!!"

"관심 없어."

"아스피테 님은 【월드】 아르카나를 가지고 있는데?! 마왕의 아르카나 중에서도 차기 마왕에 가장 가깝다는 평을 받고 있다는 걸 모르는 거냐?!"

"본인이 좋지 않아."

게르트는 질렸다는 듯이 입을 벌렸다.

"바…… 바보 아니냐?! 라인 가의 후계자잖아! 잘 생겼고 뭐든지 할 수 있어. 했다 하면 반드시 세계 제일이 될 남자라고?! 여자라면 누구든지 마음이 갈 텐데! 아스피테 님에게 안기고 싶어 하는 여자는 차고 넘치게 있는데 말이야!"

뒷모습을 보고 있었지만, 히메가미 리제르가 험악한 표정을 지은 것 같았다.

"더 이상 너하고 이야기할 생각은 없어. 볼일이 있는 건, 모리오카 유우토…… 유우토 뿐이야."

나를 힐끗 보면서 한쪽 눈을 감았다.

그것은 어떤 남자라도 사랑에 빠뜨릴만한 윙크였다.

"나도 네놈한테는 볼일 없어! 그 인간하고 승부하게 내버려 두라고!!"

게르트의 주위에서 다시 불꽃이 소용돌이쳤다.

"딱 보면 알아! 저 녀석한테서는 아무런 마력도, 마술식도 느껴지지 않아! 진짜로 그냥 인간이다! 마왕의 아르카나가 나타난 것도 분명 착오일 테지! 하지만 죽이면 마왕 후보를 쓰러뜨렸다는 사실에는 변함이 없다. 저 녀석을 발판으로 삼아주마!"

게르트는 상스러운 웃음을 지으며 나에게 손바닥을 향했다. 그 손 앞에 마법진이 생겨났다.

"……어쩔 수 없네."

든든한 히메가미 리제르의 등이 비켜섰다── 아니, 뭐?!

춤추듯이 빙글 돌더니 내 뒤쪽으로 왔다. 양 어깨에 손을 대고 몸을 바싹 붙여왔다.

"【러버즈】 아르카나는 가지고 있지?"

"네? 아, 응."

내 귓가에 숨결이 닿아 등줄기가 움찔하고 떨렸다.

아련하게 정말 좋은 향기가 났다.

그리고 등에 닿는 부드러운 감촉.

그런 느낌에 허둥거리면서도, 난 셔츠 속에서 【러버즈】 아르카나를 꺼냈다.

카드 케이스에 넣고 사슬을 걸어 목에 걸고 있었다. 어머니가 준비해준 물건이다.

"걱정하지 마. 필요한 마법은 그 아르카나가 가르쳐줄 거야……

반드시."

"아니 하지만?!"

"괜찮아. 심호흡하고 침착해."

이런 상황 속에서 침착하게 행동하는 건 지극히 어려운 일이지만, 하는 수밖에 없다. 난 우선 크게 심호흡했다.

"잘했어요. 다음은 소망하는 거야. 몸을 지키는 방패가 필요하다고."

말하는 대로 하자──

'방어마법 '바리카데'를 배웠습니다.'

──라는 목소리가 머릿속에 울려 퍼졌다.

"어때? 아르카나의 목소리가 들렸어?"

──아르카나의, 목소리?

지금 들린 목소리는 분명 【러버즈】 아르카나가 온 이래로 아침에 날 깨우는 목소리. 역시 【러버즈】의 목소리였나.

다음 순간, 나의 머릿속에 복잡한 문자열과 도형이 떠올랐다.

뭐지 이건?!

본 적도 없는 문자와 도형── 아니,

이건, 히메가미 리제르가 게르트의 불꽃을 막은 마법진이다.

그리고 의미를 알 수 없었던 마법진의 의미가.

──이해된다.

신기하게도 지금은 그 구조와 의미가 이해됐다.

문자 하나하나의 의미가, 기하학적인 모양을 한 도형의 의미가.

처음 봤을 때는 의미가 없는 디자인이라 생각했지만, 그건 말도 안 되는 생각이었다. 모든 것에 의미가 있었고 그 형태를 가지는 건 필연이었다.

"후후, 들린 것 같네."

기쁜 듯이 귓가에 속삭였다. 그 목소리도 귓가에 닿으니 간지러웠지만, 등에 닿는 말캉한 탄력은 그 이상으로 위험했다.

"들렸, 는데…… 저기…… 등에 닿고 있는데……."

히메가미 리제르는 후우 하고 숨을 내쉬고는 내 귓가에 요염하게 속삭였다.

"대고 있는 거야♥"

하반신부터 머리까지 오싹오싹한 전율이 일었다. 그리고 등으로 느껴지는 지금까지 경험한 적 없는 부드러움. 거기서부터 따뜻하고 신비한 느낌이 몸으로 퍼져갔다. 온몸의 신경과 혈관을 타고 몸 구석구석까지 전해졌다.

뭐지, 이건?

표현하기 어렵지만…… 한없이 농도를 높인 체력과 정신력의 원액이라고 해야 할까. 엄청난 폭발력을 가진 에너지가 몸속으로 흘러들어왔다.

그것이 전신으로 퍼져나가면서 힘이 솟아나고 기분이 밝아지고 희망이 넘쳐흘렀다. 머리 회전까지 점점 빨라지는 듯한 느낌이 들었다.

지금까지 안 보이던 것이 보이고, 들리지 않던 소리가 들려왔다.

불가능하다는 생각이 드는 일도 지금이라면 할 수 있다──
그런 느낌이 들었다.

"유우토. 머릿속에 떠오른 마법진에 이 마력을 흘려 넣는 상상을 해."

마력?

히메가미 리제르의 가슴에서 흘러들어오는 이 신비한 감각을 말하는 건가?

정면을 보니, 게르트가 아까 전보다 몇 배나 큰 불꽃을 만들고 있었다.

"썩을 놈이 싸우는 와중에 붙어먹기나 하고! 이번 건 아까 전 것과는 다르다고! 뼈도 남기지 않고 다 태워주마!!"

큰일이다! 이대로라면 불에 타서 죽을 거야!!

나는 필사적으로 히메가미 리제르의 가슴에서 전해져오는 따뜻함을 마법진에 흘려 넣는 상상을 했다.

하지만 그때,

"죽어라아아아아아아아아아아아아아아앗!!"

게르트의 손에서 나온 폭발적인 불꽃이 덮쳐왔다.

──이제 틀렸나?!

나는 자포자기하는 심정으로 왼손을 앞으로 내밀어 주문을 외쳤다.

"'바리카데'!!"

왼손 앞에서 마법진이 펼쳐졌다.

깜짝 놀란 내 눈앞에서 탁류 같은 불꽃이 마법진에 의해 전부 튕겨 나갔다.

"아니이이잇?!"

게르트의 얼굴이 경악에 빠져 일그러졌다.

시간과 마력을 쏟아 넣어 혼신의 힘으로 만들어낸 화염 마법이 튕겨 나간 것이다.

아무것도 모르는 내 마법에 의해서.

그야 놀라겠지. 다른 누구도 아닌 내가 가장 놀라고 있으니.

이 틈에 도망치자── 고 생각했지만, 뒤에 있는 히메가미 리제르는 내 어깨를 단단히 누르고 있었다.

"다음은 공격 마법이야."

진심이냐.

아아, 좀 봐줄 순 없는 거냐고.

필사적으로 불평을 억누르고 다시 아르카나에게 빌었다.

이대로라면 나도, 뒤에 있는 히메가미 리제르도 불에 타서 죽고 만다.

부탁한다. 마왕의 아르카나.

나에게 싸울 수단을 줘. 나와 뒤에 있는 이 사람을 구하기 위해!

그러자──.

'공격 마법 '파이가'를 배웠습니다.'

아르카나의 목소리가 들렸고, 나는 오른손을 앞으로 내밀었다.

손바닥 약간 앞에 아까 전과는 다른 형태의 마법진이 나타났다.

이건 방금 전에 게르트가 만든 것과 똑같았다.

하지만 퀄리티가 달랐다.

난 이제서야 가슴에 늘어뜨려 놓은 【러버즈】 아르카나의 힘을 깨달았다.

그리고 나에게 힘을 제공해주고 있는 히메가미 리제르의 힘을.

"'파이가'!!"

그렇게 외치자 내 마법진에서 불꽃이 튀어나왔다.

게르트의 몇 배나 되는 화력과 스피드. 불꽃이 탁류처럼 게르트를 덮쳤다.

"우와아아아아아아아아아아아아아아아아아아아아아아아아아아아아아앗!!"

게르트는 방어 마법을 펼쳤지만, 그 마법진과 함께 통째로 휩쓸었다.

게르트의 몸은 날아가서 입구에 처박혔다. 그 충격으로 신발장이 쓰러졌고, 그 아래에 게르트가 깔렸다.

멀리서 에워싸고 지켜보고 있던 학생들이 말을 잃었다.

위력이 너무 세서 나는 게르트가 무사한지 걱정됐다.

"……괜찮으려나, 저거."

나는 답을 구하듯이 뒤돌아봤다.

거기에는 놀란 표정을 지은 히메가미 리제르가 있었다.

나는 놀라서 무심코 숨을 죽였다.

아주 가까이에서 보는 그 아름다움에.

"······믿기지 않아. 설마 진짜로 성공시키다니."

어?

그럼······ 설마 이 사람, 날 죽일 생각이었나?!

"일단은 내가 도울 생각이었는데······ 예정이 바뀌어버렸네."

내 표정을 읽었는지, 그렇게 덧붙이며 미소 지었다.

"처음 쓰는 마법으로 이런 위력을 내다니······ 솔직히 이 정도일 줄은 몰랐어. 역시 마왕 아르카나의 소유자······ 아니, 그뿐만이 아니야."

히메가미 리제르는 뜨거운 시선으로 나를 바라봤다.

부끄러워서 나도 모르게 시선을 이리저리 돌렸다.

초절정 미녀의 시선을 바로 앞에서 받는 게 이렇게나 부끄러울 줄은 몰랐다!

"저, 저기. 히메가미, 리제르 씨? 당신은 대체······."

"난 2학년 A반 히메가미 리제르. 리제르라고 불러도 돼. 잘 부탁해, 나의 마왕님."

2학년······ 역시 선배였구나—— 아니, 마왕님?!

"리제르 선배······ 묻고 싶은 건······ 많이 있지만, 일단 고마······."

어라? 감사 인사를 하려고 했는데 현기증이······.

리제르 선배가 자비롭게 미소 지었다.

"무리 안 해도 돼. 푹 쉬어."

왠지 눈도 침침해지기 시작했다. 미인을 가까이에서 직시했기 때문일까?

그럴 리가 있겠냐── 라고 스스로 딴지를 걸었을 때, 내 의식은 끊어졌다.

◇ ◇ ◇

정신을 차리니 침대에 누워있었다.

보건실에 실려 온 건가……?

"다행이다, 정신이 든 것 같네."

"에?"

옆을 보니 리제르 선배의 얼굴이 있었다.

"……읏?!"

깜짝 놀라서 벌떡 일어났다.

일어난 순간에 나와 리제르 선배의 몸을 덮고 있던 담요가 젖혀지고,

"앙♡"

리제르 선배는 귀여운 소리를 내며 가슴을 가렸다.

담요 아래에서 실오라기 하나 걸치지 않은 나체가 나타났다.

아, 알몸?!

"죄, 죄송합니다!"

깜짝 놀라 자신의 몸을 확인해보니 상반신은 알몸이었지만, 다행히 아래에는 팬티를 입고 있었다.

"저, 저기…… 이, 이건…… 대체?"

대답을 구하듯이 중얼거리니, 리제르 선배는 침착하고 여유롭

게 미소 지었다.

"회복의 의식 마술…… '힐링·러버즈'를 쓰고 있었어."

리제르 선배는 배를 깔고 누워 턱을 괴었다. 담요는 엉덩이의 절반 정도부터 아래를 가리고 있을 뿐이라, 갈라진 부분의 반 정도가 보이고 있었다. 훤히 드러나 있는 하얀 등이 눈부셨다.

그리고 침대에 눌려서 옆으로 삐져나와 곡선을 그리는 커다란 가슴.

리제르 선배는 내 시선을 알아차리고 있을 터인데, 숨기려는 기색도 보이지 않았다.

"어, 그러니까…… 의식? 마술? '힐링·러버즈'?"

"넌 이제 막 마왕 후보로서 각성한 참이야. 간단한 마법을 쓰는 것만으로도 마력을 전부 써버리지. 그래서 마법을 사용한 뒤에 이렇게 널 치유하고 내 마력을 나눠주는 거야. 그렇게 하면 금방 마력을 회복시킬 수 있어. 이건 너의 【러버즈】만이 가진 특수한 능력── 고유 마법이야."

난 목에 펜던트처럼 걸고 있는 【러버즈】 아르카나를 만졌다. 상반신은 알몸이었지만, 이건 그대로 착용하고 있었다.

아까 전투에서 이 아르카나에게서 마법 지식을 얻었다.

그리고 등에 닿아 있던 리제르 선배의 가슴을 통해 마력이 주입되었다. 적어도 난 그렇게 느꼈다.

"저기, 리제르 선배. 아까 게르트랑 싸웠을 때, 제 등으로──."

"맞아. '힐링·러버즈'를 써서, 내 가슴을 통해 마력을 주입했어."

그렇게 똑똑히 말하니 부끄러웠다. 특히 여자의 입에서 나온 '가슴'이라는 단어를 듣는 건 묘하게 낯간지러웠다.

"유우토는 마법을 쓰는 게 처음이야?"

"네, 그야 물론이죠."

"후후, 정말로 보통 인간이었구나. 뭔가 신선하네."

리제르 선배는 가슴을 끌어안듯이 가리면서 몸을 일으켰다. 한쪽 다리가 담요에서 나와 탱탱한 허벅지가 보였다.

나도 모르게 침을 꿀꺽 삼켰다.

리제르 선배는 한 손으로 가슴을 가리고 다른 한 손을 내 가슴에 뻗었다.

"아……."

살짝 쌀랑한 손이 내 가슴에 닿았다.

정말 부드럽다. 여자의 손바닥은 이렇게나 부드러운 걸까.

"'힐링 · 러버즈'는 이렇게 접촉하는 것으로 내 마력을 흡수하고 널 회복시켜. 상대와의 유대가 깊으면 깊을수록, 상대를 생각하는 마음이 강하면 강할수록 그 효과는 커지지. 그리고 친밀한 관계가 아니면 만지지 않는 부분을 통한 접촉이 더 효과적이야."

그렇구나…… 그래서 게르트랑 싸웠을 때, 선배는 일부러 나에게 가슴을 접촉한 건가. 그리고 지금은 정신을 잃은 날 회복시키기 위해 이런 상황이 벌어진 건가.

"나도 하는 건 처음이었지만 말이야."

리제르 선배는 살짝 머리를 기울였다. 그러자 윤기가 흐르는 검은 머리칼이 사라락 하고 하얀 피부 위를 미끄러졌다.

확실히 선배이고, 나보다 한 살 연상…… 이긴 했다. 하지만 이렇게 요염하니 도저히 고등학생이라는 생각이 들지 않았다.

그 요염함에 나도 모르게 시선을 빼앗겼지만, 선배도 날 바라보고 있다는 걸 깨달아서, 그만 시선을 피하고 눈을 이리저리 돌렸다.

침대 외에는 커다란 테이블에 의자와 소파, TV에 식기 찬장, 옷장, 전신거울. 비치된 가구는 모두 훌륭해서 뭔가 고급 호텔 같았다. 하지만 벽과 천장, 창문을 보니 어딘지 위화감이 느껴졌다.

"여긴, 어딘가요?"

"【러버즈】팀의 대기실── 통칭 '팰리스'야. 교사의 3층에 있어."

"……아니, 설마 여긴 학원인가요?!"

"설마가 아니더라도 학원이야. 차기 마왕 후보에게는 대기실이 주어져. 마음대로 정하긴 했지만, 내부 설비는 이쪽에서 준비해뒀어."

난 다시 방안을 둘러봤다. 대기실이라고 했지만, 넓이는 보통 교실과 똑같을 정도로 상당히 넓었다. 이 침대 또한 킹사이즈였다. 그것도 캐노피가 달린. 잠자기에 엄청 편하기도 하고.

리제르 선배는 나에게 등을 돌리고 사이드 데스크에 놓인 검은 속옷을 집어 들었다.

선배는 섹시한 검은 브래지어를 입으면서 나에게 말을 걸었다.

"자세한 이야기는 앞으로 차례차례 가르쳐줄게. 네가 차기 마왕을 정하는 마왕 대전에서 승리할 수 있도록."

──마왕 대전?

불온한 키워드를 듣고 불길한 예감이 들었다.

"뭐, 뭔가…… 평온한 분위기는 안 느껴지네요?"

"그렇지. 마왕의 옥좌에 누가 앉을지를 정하는 싸움인걸. 전쟁이야."

"네엣?! 그 말은 아까 전과 같은 싸움을 또 하게 된다는 건가요?!"

선배는 등 뒤로 손을 돌려 훅을 채웠다. 그 동작은 굉장히 생생했다.

"아니, 그건 아니야."

다행이다. 그런 일이 계속 이어지면 목숨이 몇 개나 있어도 부족하지.

"그런 놀이가 아니라, 진짜 전쟁이야. 마왕의 아르카나를 가진 최강의 악마들…… 특출한 괴물과의 진검승부. 목숨을 부지할 수 있다는 보증은 없어."

더 큰일이잖아!!

"저기, 좀 더 평화적으로 말이죠…… 교섭이라던가, 선거라던가……."

리제르 선배는 침대에 앉은 채로 몸을 앞으로 구부렸다. 그리고 일어서면서 팬티를 끌어 올렸다.

한순간 엉덩이가 보인 것 같기도 하고, 안 보인 것 같기도 하고.

리제르 선배는 사고가 정지된 날 돌아보면서 안심시키듯이 미소 지었다.

"괜찮아. 싸우는 건 너 혼자가 아니야."

"네?"

리제르 선배는 가터벨트를 허리에 차고 소파에 오른발을 걸치고 검은 스타킹을 신기 시작했다.

"마왕 후보는 카드라고 불리는 권속을 가질 수 있어. 예를 들자면, 방금 전의 게르트처럼."

그러고 보니,

"게르트…… 그 녀석은 아스피테라는 【월드】 아르카나를 가진 마왕 후보의 카드—— 권속인 거군요."

확실히 본인도 그런 말을 했었다.

"그런 거지. 그러니까 부탁할게."

"부탁이요?"

"날 너의 카드로 삼아줬으면 해."

선배를? 나의?

아니 아니, 난 지난주까지 평범한 인간이었던 데다가 아무것도 모른다고. 그에 비하면 리제르 선배는 상당한 실력자다. 【월드】의 퀸으로 스카우트를 받았었다고 하니, 나 같은 것과는 어울리지 않는다.

"하지만 그런 건…… 보통 주인 쪽이 강해야 하는 게 아닌가요?"

"응. 그렇네."

"그럼——."

"하지만 넌 강해질 거야."

리제르 선배는 태연하게 대답했다.

"내가 널 단련시켜서 누구보다도 마왕에 걸맞은 힘을 가진 자로 만들어 보이겠어."

난 어안이 벙벙했다.

"그 말은…… 제가 선배의 제자가 된다는 건가요?"

"아니, 어디까지나 네가 주인님이야. 난 유우토의 카드, 비장의 카드가 되고 싶어. 유우토를 섬겨서, 널 마왕의 자리로 이끄는 힘이 되고 싶은 거야. 널 단련시키는 것도 그 일환이지."

리제르 선배는 스타킹을 벨트로 고정시켰다.

섹시한 란제리 차림의 완성이었다. 하지만 지금 나에겐 눈앞에 있는 아름답고 선정적인 몸을 감상할만한 마음의 여유가 없었다.

"아니아니아니아니! 무리무리무리무리! 아까도 선배가 안 도와줬으면 지금쯤 죽었을 거라구요?!"

이 이상 여기에 있으면 상황이 안 좋아질 것이다.

아버지와 어머니에게는 미안하지만, 이제 이런 아르카나는 반납하고 원래의 평범한 생활로 돌아가자.

난 침대에서 내려왔다.

"제안은 감사하지만, 전 아무것도 모르니……."

어라? 내 교복은?

"그래, 넌 아무것도 모르는 풋내기야. 아무런 지식도 마력도 없었지. 오늘 아침까지는."

리제르 선배는 내 앞에 서서 진지한 눈빛으로 바라봤다.

"하지만 마법의 심원을, 마계의 일부분을 엿보고 말았어. 이제 돌아갈 순 없어."

"선배…… 왜 그렇게까지 저를?"

"넌 아르카나의 목소리를 들었어."

"그건 제가 마왕 후보라서 그런 것이지――."

선배는 고개를 저었다.

"마왕 후보라고 해도, 보통은 아르카나의 목소리는 들리지 않아. 넌 아르카나에게 사랑받고 있어. 그게 이유 중 하나야."

하나라는 건…… 다른 이유도 있나?

"그리고 아르카나가 마법을 가르쳐줬다고 해도, 그걸 바로 이해하고 사용할 수 있느냐 없느냐는 그 사람 하기 나름이야. 유우토는 금방 익힌 '바리카데'도 '파이가'도 구사할 수 있었지. 다시 말해서 너에게는 소질이 있다는 거야. 그리고……."

리제르 선배는 볼을 살짝 물들이고 지금까지 보여주던 자신만만하고 여유가 넘치던 태도가 확 바뀌어 약간 수줍은 듯이 말했다.

"그…… 나랑, 몸의 상성도 좋을 것 같기도 하고."

마음을 꿰뚫린 듯한 느낌이 들었다.

이것도 마법인지 의심스러웠다.

지금이라면 무슨 짓을 시켜도 다 들어줄 것만 같았다.

"리제르 선배…… 전――."

갑자기 문이 소리를 내며 열렸다.

"선배! 깔끔하게 끝났어~?"

"시, 실례, 실례합니다…… 인 거예요."

두 여학생이 대기실에 들어왔다.

리제르 선배는 그 두 사람을 보고 난처하다는 듯이 한숨을 쉬었다.

"미야비, 레이나, 이야기는 내가 하겠다고 했잖아?"

"이야~ 그치만 도저히 기다릴 수 없어서 쓩~ 하고 와버렸어. 에헤헤헤."

그렇게 말한 건 금발 트윈테일이었다. 교복을 한껏 흐뜨려 입어 노출도가 높은 옷차림. 화려한 액세서리와 화장.

갸루다.

"난 유우가오제 미야비! 1학년 D반이야. 잘 부탁해!"

밝은 미소가 눈부셨다. 셔츠 앞섶에 보이는 가슴의 계곡도.

뭐랄까, 활기와 가슴이 셔츠의 단추를 튕겨낼 것만 같았다. 가슴은 리제르 선배보다 더 클지도 모르겠다.

다른 한 명은 정말 대조적이었다.

키도 작고, 몸의 굴곡도 조촐하다. 아마 중등부 학생일 것이다.

"저기, 그러니까, 레이나는 코이와이 레이나라고 해요. 중등부 2학년이고…… 음, 그러니까~ 많이 부족하지만, 잘 부탁드립니다, 이에요."

은발 롱헤어인 머리를 깊숙이 숙였다.

뭐랄까, 작은 동물 같아서 귀여운 여자아이였다. 인사하는 것만으로도 당황해서 허둥거렸다.

한편, 유우가오제는 전혀 두려워하지 않았다. 나에게 얼굴을 훅 갖다 대더니 활짝 웃었다.

"——그럼 유우토? 정식으로 카드를 채용하는 의식을 해줄래? 팍팍 해버리자? 깔끔하게."

뭔가 의성어를 많이 쓰는 사람이구나…….

"저기…… 카드의 의식이라는 게 뭐야? 유우가오제 씨."

그렇게 말하자 미야비는 입술을 삐죽이 내밀었다.

"너무 딱딱하게 대하잖아~! 딴딴하다구. 미야비라고 불러도 돼, 미·야·비!"

윙크를 하고는 얼굴 앞에서 브이 사인. 확실히 처음 본 사이인데 갑자기 유우토라고 부르고 있으니, 나도 미야비라도 불러도 되겠지.

"알았어, 미야비. 그런데 카드로 삼고 말고 이전에 난 마왕 대전에 대해서 잘 모르니까……."

"엑~?! 저기~ 선배, 아직 유우토랑 이야기 안 끝났어?"

리제르 선배는 불만스러워 보이는 미야비를 보고 팔짱을 끼며 한숨을 쉬었다.

"너희가 안 쳐들어왔으면 지금쯤 난 정식으로 계약했을 거야."

레이나는 움찔하고 몸을 떨더니 '죄송합니다'를 연발하며 머리를 숙였다.

하지만 미야비는 주눅 들지도 않고 다시 나에게 얼굴을 가까이 댔다.

"뭐~ 상관없나. 있지, 유우토. 마왕 후보는 카드를 사용한다는 이야기는 들었지? 우리는 엄청 좋다구! 우량 물건이라는 거지! 자, 팍팍 해버리자!"

"자, 잠깐만 기다려. 계약을 한다는 건 모두가 내 부하 같은 사람이 된다는 뜻이지?"

"그런데? 뭐, 부하라기보다는…… 권속이라던가, 전력이라던가…… 아."

미야비는 씨익~ 하고 웃고는 가슴을 떠받치더니 허리를 굽혔다.

"노예라던가? 카드로 삼아주면, 날 마음대로 해도 좋은데."

——마, 마음대로?! 라고?!

"미야비!"

리제르 선배가 나무라듯이 이름을 불렀다.

"에~ 그치만 그 말이 맞잖아? 몸도 마음도 바치는 거고, 특히 【러버즈】아르카나는 그런 짓도 하니까."

"그렇긴 하지만 좀 더 섬세함이라는 걸 갖춰야지. 품위 없어."

"정말 선배도 참 진지하다니깐~."

고개를 돌리고 혀를 날름 내밀었다.

하지만 리제르 선배도 다 알고 있는 모양이었다.

"미야비? 뭐 하고 싶은 말이라도 있어?"

"아~뇨, 전혀요. 그냥 남자애 따위는 우리의 매력으로 자빠뜨리면 이야기가 빨리 끝날 거라고 생각했을 뿐이에요~"

"그런 태도를 가지고 있으니까 신용을 못 받는 거야. 그리고 유우토는 다른 남자와는 달라."

미야비는 내 쪽을 휙 보더니, 안 그래도 열려있는 가슴팍의 단추를 더 풀어서 옷깃을 열었다. 속박의 일부가 풀린 것처럼 가슴이 출렁이며 앞으로 튀어나왔다. 모여 있던 가슴과 가슴의 계곡이 더 드러나서 핑크색 속옷이 보였다.

"아니지? 그야 남자잖아. 여자애랑 야한 짓 하고 싶지?"

어리광 부리는 듯한 시선.

하마터면 마음이 꺾일 뻔했다. 하지만——,

"아니…… 잠깐만 생각 좀 하게 해줘."

"뭐?"

"난 아직 이 학원과 마왕 대전에 대해서 잘 몰라. 너희를 카드로 삼으면, 너희의 인생과 운명을 좌우하게 되는 거 아냐? 그렇다면, 그렇게 간단히 짊어질 만한 일이 아니잖아."

"……."

미야비의 표정에서 경박한 웃음이 사라져갔다.

너무 분위기를 깨버렸나? 라는 생각을 하면서도 나는 말을 이어나갔다.

"하지만 그렇게까지 말해주니 나에게도 어떤 가능성이 있을지도 몰라. 그러니까 학원과 마왕에 대해서 알고, 생각해본 다음에 결론을 내고 싶어. 그래도 괜찮을까?"

미야비가 맑은 눈동자로 날 지그시 바라보고 있었다.

"흠~…… 확실히 다른 남자랑은 다를지도 모르겠네."

신기하게도 미야비의 모습은 방금 전과 똑같았지만 분위기가 이성적으로 바뀌어 있었다.

뭔가 고귀함과 품위 같은 것마저 느껴졌다.

이게 미야비의 진정한 모습인가?

그렇게 생각한 다음 순간, 다시 헤벌쭉한 웃음을 지었다.

"어쩔 수 없지~. 그럼 당분간은 어필 기간인 걸로 해둘게♡"

레이나에게 시선을 옮기니,

"레이나도, 레이나도, 유우토 씨가 마음을 다잡을 때까지 기다릴게요. 그래도 그때까지도 레이나에게 기대주셔야 해요? 레이나는 유우토 씨 편이니까요!"

그렇게 말하고 천사 같은 미소를 지었다. 악마에게 '천사'라고 하는 것도 좀 이상하지만.

"저기, 정말로 정말로 볼일이 있으면 뭐든지 말해주세욧. 피곤하진 않나요? 배는 안 고프신가요? 아…… 학원 안을 안내해야겠네요?"

"레이나, 너 중등부지?"

냉정한 리제르 선배의 딴지에 레이나는 어깨를 늘어뜨렸다.

"……맞아요."

리제르 선배는 어깨의 힘을 훅 빼고,

"그럼 우리를 카드로 삼을 결심이 서면 정식으로 계약을 하자. 그때까지는 우리가 이것저것 가르쳐줄게."

"네, 감사합니다…… 그리고 한 가지 물어보고 싶은 게 있는데."

"뭐야?"

"아까 전에 저에게 소질이 있다고 했는데…… 리제르 선배는 불러주는 곳도 많고, 다른 마왕 후보도 있는데…… 왜 평범한 인간인 저를?"

리제르 선배는 팔짱을 끼고 부드러운 눈길로 날 바라봤다.

"우리의 조상은 대대로 【러버즈】 아르카나를 섬겨왔어."

아아, 그렇구나. 대대로 영주님을 모시는 무사 같은 건가······ 그래서──,

"하지만 그뿐만이 아니야. 내 의지도 있어."

"네?"

선배가 한 발, 두 발, 나에게 다가왔다.

"오늘 아침에 한 대화를 듣고 알았어. 너에겐 상대가 아무리 강해도 굴하지 않는 마음, 그리고 상대를 당해낼 수 없다고 하더라도 맞서려는 마음이 있어."

"그, 그건······ 그냥 무모한 거예요."

"그리고 정의를 사랑하는 마음을 가지고 있어. 넌 다른 사람을 위해 화낼 수 있고 싸울 수 있는 사람이야. 그런 마왕 후보는 좀처럼 만날 수 없어."

얼굴이 가깝다. 하지만 그보다 가슴이 가깝다.

"하하······ 그건 악마에게는 결점인가요?"

"아니. 난 공포와 폭력만으로 세상을 지배하는 건 싫어. 한 사람의 가치관과 욕망만을 강요하는 세상 따위는 사절이야."

"선배······."

그 눈동자는 진지했다.

"확실히 공포와 폭력은 필요하지. 하지만 그것만으로는 안 돼. 거기에는 타인에 대한 사랑이 있어야만 해. 그렇기에 다음 마왕은…… 유우토, 네가 되어야만 해."

앞으로 크게 튀어나온 가슴이 내 가슴에 닿았다.

"네가 가진 【러버즈】의 아르카나…… 그건 유일하게 사랑의 힘을 가진 마왕."

사랑의, 마왕?

레이나가 발언권을 요구하듯이 손을 들었다.

"【러버즈】 아르카나의 의미는 사람과의 결속…… 유대인 것이에요. 그리고——."

미야비가 끼어들어서 말을 이어나갔다.

"열정과 선택이지. 그리고……."

리제르를 살짝 봤다.

"운명적인 만남. 그리고 미래에 대한 기대."

——미래에 대한, 기대.

"아까 전에도 말했듯이, 우리는 폭력과 공포만이 존재하는 통치는 납득할 수 없어. 우리는 사랑의 힘으로 세상을 다스리고 미래를 기대하게 만들어주는 왕을 섬기고 싶어."

"선배……."

악마 같은 선배는 천사 같은 미소를 지으며 나에게 속삭였다.

"난 이 만남이 운명적인 것이라고…… 믿고 있어."

제2장

첫 마법수업

등교 첫날은 학교 건물에 들어가기 전에 기절했고, 그 뒤는 마왕 후보 대기실―― 통칭 '팰리스'에서 리제르 선배 일행에게 야한 치유를 받고 귀가.

결과만 놓고 보면 첫날부터 땡땡이를 친 것이나 다름없었다.

그리고 이틀째.

"유우. 긴세이 학원은 어때? 잘 다닐 수 있을 것 같아?"

아침 식사를 하는 식탁에서 싱글벙글 웃는 어머니를 보니 죄악감이 끓어올랐다.

"으, 응. 뭐, 어떻게든……."

애매하게 대답하니 아버지가 태블릿을 보다가 고개를 들었다.

"무슨 문제라도 있나?"

"아니, 그런 거 아니야."

"그래? 그럼 됐는데…… 아빠는 어제 네가 걱정돼서 말이다. 대전격투 게임에서 10연승밖에 못 했다고."

"그만큼 이겼으면 충분하잖아."

부모님은 게임을 좋아하신다. 게이머라고 해도 좋을 정도다. 좀 더 덧붙여서 말하자면 오타쿠이다. 새로 방송하는 애니메이션도 대부분 체크하고, 아직까지도 여름과 겨울 코미케도 거르지 않는다.

두 분 다 나이가 40세 전후이지만, 다른 부모님들과 비교하면 비교적 마음이 젊어서일지도 모른다. 게다가 외모는 더 젊었다.

30대 안팎이거나, 잘못 보면 20대로 보일지도 모른다.

어머니가 말하길, 악마에게서 상으로 받은 반지 덕분이라고 하는데, 확실히 나이에 비해 젊고 아름답게 보이게 만드는 효과는 있는 것 같았다.

"친구는 생겼어?"

어머니가 걱정스럽게 물어봤다.

그 순간 리제르 선배, 미야비, 레이나의 얼굴이 떠올랐다.

그 셋을 친구라고 불러도 좋을지 약간 의문이 들었지만, 지금은 거짓말을 하는 것도 하나의 방편이다. 어머니를 안심시키고 싶었다.

"응. 특히 사이가 좋아진 건 세 명이려나. 남을 잘 보살펴주는 사람들이라 도움을 많이 받고 있어."

"그렇구나. 다행이네~."

어머니는 진심으로 안심한 것처럼 미소 지었다.

"그러게 말이다. 설마 우리 아이가 긴세이 학원…… 마왕학원에 갈 줄이야."

마음에 사무치는 듯이 중얼거리는 아버지를 보고 나도 모르게 쓴웃음을 짓고 말았다.

"또 그 소리야? 여보."

"귀족에다가 우수한 아이…… 그런 초엘리트가 아니면 들어갈 수 없으니까 말이야. 그야말로 천상의 존재라고."

그렇다는 건 리제르 선배 일행도 좋은 집안의 아가씨라는 뜻이다. 미야비는 얼핏 보면 그렇게는 안 보이지만.

"그러니 아빠는 네가 마왕학원에서 즐거운 나날을 보내기만 해도 만족이란다. 확실히 마왕의 아르카나에게 선택을 받은 건 기쁜 일이지만, 무리하게 마왕이 되려 하지 않아도 괜찮다."

"아빠 말이 맞아, 유우! 위험한 짓은 절대로 하면 안 돼!"

둘 다 악마의 세계에 대해서는 잘 알고 있으니, 차기 마왕을 정하는 마왕 대전에 대해서도 당연히 알고 있었다. 그러니 날 걱정해주고 있는 것이다.

알겠다고 대답하고 아침 식사를 끝낸 나는 마왕학원으로 등교하기 위해 집을 나섰다.

그리고 길모퉁이를 하나 도는 지점에서 못 보던 차가 세워져 있는 걸 알아차렸다.

까맣고 굉장히 큰 차였다. 혹시 롤스로이스 아닌가? 이 주변에선 보기 힘든데—— 이런 생각을 하고 있으니, 창문이 열리고 흑발의 미소녀가 얼굴을 드러냈다.

"안녕. 유우토."

"리제르 선배?!"

어째서 이런 곳에 있는 걸까 하는 생각을 하고 있으니,

"널 데리러 왔어. 학원까지 데려다줄게."

아니, 그래도 미안하잖아요, 라면서 사양하는 말을 늘어놓는 사이에 집사처럼 생긴 운전사에게 등을 떠밀려 뒷좌석에 올라탔다. 운전사가 자리에 앉자, 차는 소리도 없이 움직이기 시작했다.

"죄송해요, 선배. 일부러 데리러 와준 건가요?"

"맞아. 유우토가 등교하는 도중에 습격당할 가능성도 있으니까. 호위를 붙여볼까 하는 생각도 했지만, 내 차에 태우는 편이 빠르겠다 싶어서."

"습격당하는 건가요? 저……."

"이미 경험했을 텐데?"

확실히 그랬다. 난 어제 느닷없이 게르트에게 트집잡힌 일을 떠올렸다.

"걱정하지 마. 너한테 손대게 두지 않을 거야."

"여자의 보호를 받는 것도 뭔가 좀 꼴사납네요……."

리제르 선배는 고개를 저었다.

"이제 막 마법을 배우기 시작했으니까 당연하지. 하지만 넌 금방 강해질 거야. 날 바로 뛰어넘을 정도로."

"……당장은 안 믿기지만요."

"아르카나의 목소리를 들었으니 틀림없어."

"네? 아, 뭐…… 오늘 아침에도 아르카나가 깨워줘서 목소리를 들었는데요."

리제르 선배는 깜짝 놀라 눈을 휘둥그레 떴다. 놀란 얼굴도 처음 봤는데, 크게 뜨인 눈동자는 푸른 보석처럼 아름다워서 그쪽에 정신이 팔렸다.

"유우토, 너 아르카나를 자명종 시계로 쓰고 있는 거야?"

"부탁한 건 아니지만, 아르카나가 깨워줘요."

이번에는 작게 입을 벌린 채로 굳었다. 그 표정이 너무 귀여웠다.

다양한 표정을 가진 사람이라는 걸 깨달았다.

"기가 막히네…… 어지간히도 사랑받고 있구나."

"예?"

뭐야, 한숨까지 쉬었는데? 기가 막히다니…… 정나미가 떨어졌다는 뜻인가?

"저기, 선배? 저, 뭔가 환멸을 느끼게 할 만한 짓이라도 했나요?"

"감탄한 거야."

"그럼 다행이지만……."

"……내일부터 내가 깨우러 갈까?"

뭔가 중얼거리면서 말하고 있지만 잘 들리지 않았다.

선배의 모습을 관찰하는 사이에 차는 학원에 도착했다.

차가 멈춰도 내릴 기색이 안 보여서 무슨 일이 있는가 싶었는데, 운전사가 내려서 문을 열었다. 그렇구나, 스스로 차의 문을 열거나 하지 않는 건가. 역시 아가씨다.

차에서 내리는 동작만 봐도 고상했다. 난 선배와 나란히 걸으며 절절히 느끼면서 중얼거렸다.

"역시 선배는 좋은 집안의 아가씨네요."

"글쎄? 일단 귀족이긴 하지만."

"의심할 여지도 없이 좋잖아요."

"그렇긴 하지만 그건 조상님이 훌륭한 것이고 난 아무것도 안 했어."

그런데 다른 학생들이 길을 비켜주고 두려워하는 얼굴로 이쪽을 보고 있었다. 그렇다는 건, 리제르 선배는 다른 학생들로부터 황공한 존재로 여겨지고 있다는 것이리라.

생각한 것을 그대로 말로 옮기니 선배는 나에게 곁눈질했다.

"조만간 나보다 널 두려워하게 될 거야."

또 그런 농담을 하시네.

마음속으로 그런 생각을 하면서 가볍게 웃었다.

입구에서 신발을 갈아 신고 교실로 향하는 복도에서도 학생들의 반응은 변함없었다.

"그럼, 내가 바래다줄 수 있는 건 여기까지야."

선배는 1학년 D반 교실 앞에서 멈춰 섰다.

"감사합니다. 여기서부터는 혼자서도 괜찮아요."

"아니, 그럴 순 없지. 혼자 두지 않을 거야."

"네? 하지만 선배는 2학년이잖아요?"

"다음 담당에게 넘길 거야."

……다음 담당?

"안~녕! 유우토!"

교실에서 튀어나온 가슴 사이에 팔이 끼었다.

"아닛?! 미, 미야비!"

어제 팰리스에서 낯을 익힌 갸루, 유우가오제 미야비다.

오늘도 노출도 높은 옷차림으로 가슴의 계곡을 과시하고 있었다. 그 가슴이 내 팔을 사이에 끼우고 부드럽게 형태를 바꾸고 있었다.

"오늘부터 같은 반이야. 잘 부탁해!"

"그럼 미야비, 부탁할게."

"에헤헤, 맡겨주십셔~."

"……그리고 무의미한 접촉은 삼가해."

"무의미하지 않은데? 이렇게 호감도를 쑥쑥 올려서 카드가 될 거니깐."

리제르 선배는 머리가 아프다는 듯이 미간을 눌렀다.

"그게 아니라, 신뢰를 얻을 수 있는 행동을 해야 한다는 걸 명심해."

"네~."

대답은 잘했지만, 팔을 놓아줄 생각은 없는 듯했다.

선배는 포기했다는 듯이 한숨을 쉬고는 떠나갔다. 왠지 걱정 거리가 많은 것 같아서 불쌍했다.

"에헤헤~."

헤벌쭉 웃는 이 사람은 걱정 따위는 전혀 없는 것 같았다.

팔을 잡혀 교실에 끌려 들어가니, 그때까지 떠들썩하던 교실이 쥐 죽은 듯이 조용해졌다.

……어라?

모두의 시선이 나에게 집중되고 있는 것 같은데?

민폐라는 듯한, 혹은 모멸, 그리고 적의에 찬 시선이 쏟아지고 있었다.

"저기, 미야비."

"응, 왜?"

난 목소리를 낮췄다.

"역시 내가 인간이라서…… 모두의 미움을 받는 거야?"

"아~, 그럴지도."

그렇게 깔끔하게 인정하니 마음이 좀 아픈데요!

하지만 미야비는 그늘 한 점 없는 미소로 날 위로했다.

"그래도 신경 쓸 필요는 전혀 없어."

"미야비……."

참 신기한 일이다. 미야비의 밝은 미소를 보고 있으면 내 기분도 밝아진다. 근심 걱정 없는 천진난만함이 지금의 나에게는 구원이었다. 미야비가 같은 반이라 다행이다.

"그런 문제라면 유우토의 실력을 좀 보여주면 되잖아! 따단하고, 팍팍 처리해서, 짜잔 하는 거야!"

"의성어로 하는 얘기를 들어도 뭐가 뭔지 모르겠다만…… 좀 더 온건하게 가자."

그때, 교실의 문이 열리고 선생님처럼 보이는 정장 차림의 여성이 들어왔다. 안경을 쓰고 머리를 묶은 상당한 미인이었다.

"자~. 다들 자리에 앉아……."

나와 눈이 마주친 순간 눈살을 찌푸렸다.

"아아…… 그러고 보니 전학생이 있었죠."

왠지 선생님한테도 환영받지 못하고 있다는 느낌이 드는데…….

옆자리에 있는 미야비가 몰래 귓속말했다.

"저 사람이 우리 담임인 타키자와 선생님. 꽤나 만만치 않은 선생님이니까 착착 해버려! 으갸아아악!! 하고!!"

"그러니까 이해가 안 된다고. 뭐, 아무튼 온건하게 가야지……."

"유우가오제! 너도 얼른 자리에 앉아."

미야비는 히죽거리는 표정 그대로 '네~'라고 대답하더니 자리에 앉았다.

아니, 나는?

나는 교실 한가운데에 혼자 덩그러니 서 있었다. 하지만 타키자와 선생님이 신경 써주는 기색은 안 보였다. 어쩔 수 없이 나는 조심스럽게 손을 들었다.

"저기, 선생님?"

그러자 선생님은 눈꼬리를 세우며 날 째려봤다.

"격식과 전통을 자랑하는 우리 긴세이 학원…… 역대 마왕을 배출하여 마왕학원이라 불리는 이 학교에 하급 마족도 아닌 인간 따위를 들여야만 하다니……."

교실 안이 단번에 소란스러워졌다.

"거짓말…… 역시 그 소문은 진짜였어?"

"그래도 마왕 후보잖아?"

"그건 당연히 무슨 착오가 있는 거겠지."

"하지만 어제 게르트를 날려버렸다고 말하는 녀석이 있는데?"

"바보야, 그건 당연히 리제르 선배가 했겠지."

그런 속삭임이 여기저기서 들려왔다.

지금은 참아야 한다. 확실히 모두의 입장에서 보면, 나는 명백하게 이물질이다. 거부반응이 일어나는 게 당연하다. 시간을 들여서 이해시키는 수밖에 없다.

"저기, 선생님. 전 어디에 앉으면 될까요?"

그러자 선생님은 칫 하고 혀를 찼다.

"인간이라면 서 있으면 되잖아…… 건방지게."

선생님은 손가락을 탁, 하고 울렸다.

그러자 분필이 자동적으로 움직여 칠판에 마술식을 줄줄이 써냈다.

대단하다, 꼭 마법 같아. 같은 게 아니라 마법인가.

"이 마술식을 푸세요. 만약 정답을 맞추면 앉는 것을 허락하죠."

뭐야 이게?

굉장히 복잡하고 의미를 알 수 없었다.

어제 배운 마술식에서도 사용된 부분이 일부 있었지만, 뜻을 이해할 수 없었다. 상당히 수준 높은 마술식인 것 같았다.

큭큭 대며 웃는 소리가 칠판을 노려보는 나를 에워쌌다.

"저것 좀 봐, 난처해하고 있어."

"후후후, 선생님도 참 성격이 나쁘네."

"애초에 보통 마술식도 인간이 이해할 수 있을 리가 없다고."

……보아하니 이건 고약한 문제인 것 같다. 그것도 풀기 어려운.

더구나 막 입학한 내가 풀 수 있을 리가 없는.

"하는 수 없지……."

난 가슴에 있는 【러버즈】 아르카나에 손을 댔다.

──부탁이야. 이 식의 뜻을 이해하고 싶어.

'해석…… 일부 결손과 오류가 있는 것으로 추측. 보완처리를 개시.'

잠깐의 시간이 흐른 뒤, 나의 머릿속에 대량의 정보가 흘러들어왔다. 그리고 이 마술식의 의미를 깨달았을 때, 나의 볼에는 식은땀이 흘렀다.

"이건…… 위험하네."

선생님은 나를 깔보듯이 가학적인 웃음을 지었다.

"위험하다니, 뭐가? 모르겠어? 그럼――."

"선생님, 왜 이렇게 위험한 걸 공개하고 있는 건가요?"

"뭐?"

선생님의 표정이 굳어졌다.

"확실히 공식이 몇 개인가 빠져있어요. 하지만 제2절에 바람의 엘리먼트를 더하고 제8절을 네스트해서 제10절과 루프하게 만들어 케텔과 케세드에 패스를 통하게――."

"자, 잠깐! 너, 이게 뭔지 알고 있어?!"

"예. 이건 세계를 파괴하기 위한 술식입니다."

"뭣……."

교실이 술렁거렸다.

"미완성이고, 설령 완성한다고 하더라도 방대한 마력이 필요하기에 그렇게 현실적이지 않다는 건 알고 있습니다. 지적 실험과 같은 것이지만, 그래도 악용될 가능성도――."

"조, 조, 조용히 하세요!!"

선생님은 얼굴을 새빨갛게 물들이며 소리쳤다.

"이건 미해결 마술식이라고?! 우수한 마술학자가 오랫동안 연구하고 있지만 아직 푼 사람은 아무도 없어! 만약 해결한다면 마계 기술상 표창감—— 아니, 훈장이 나올 거라고. 너 같은 녀석이 되는대로 나오는 소리를…….”

마술식을 바라보는 선생님의 안색이 순식간에 새파래져 갔다.

“아니…… 이럴 수가, 하지만 확실히 제2절에 바람의 엘리먼트를 더하면…… 아니, 이런 일은…….”

선생님은 퍼뜩 정신을 차리더니 스스로의 손으로 칠판지우개를 잡고 마술식을 지웠다.

“여, 여, 여러분! 지금 본 것, 들은 것은 잊으세요! 알겠죠!!”

난 선생님을 안심시키듯이 보충했다.

“괜찮아요. 수정할 곳은 22곳이 더 있으니까요. 지금 본 식만으로는 해석은 무리일 거예요. 그래도 앞으로는 너무 공공연하게 보여주지 않는 편이 좋겠네요.”

“……웃?!”

선생님이 두려워하는 눈으로 날 바라봤다.

“저기, 그래서…… 제 자리 말인데요——.”

“모두 속지 마!”

갑자기 남학생 한 명이 일어섰다.

“이 녀석은 평범한 인간이다! 그런 놈이 마술식을 이해할 리가 없어! 미해결 마술식이라는 걸 트집 잡아서 아무렇게나 지껄이고 있을 뿐이야!”

“아니, 그보다 내 자리…….”

남학생은 손가락으로 나를 가리켰다.

“산죠 남작가의 이름을 걸고 너의 정체를 파헤쳐주마! 네가 마왕 후보라면 마법을 보여봐라!"

아 정말이지, 마음에 안 들면 적어도 무시해달라고. 왜 우위를 잡으려고 하는 거냐고.

"……마법을 보여주면, 자리를 준비해주나?"

남학생은 바보 취급하듯이 흥 하고 콧방귀를 뀌었다.

"얼마든지 준비해주지. 안심해라."

"아니, 하나로도 충분한데……."

어쩔 수 없지…… 그래도 어제 마법을 배워둬서 다행이다.

산죠는 손을 펼치고 마치 특촬물의 히어로 같은 화려한 액션을 취하며 팔을 앞으로 뻗었다.

"우선은 내가 모범을 보여주지! '파이가'!!"

나와 산죠의 중간쯤에서 불꽃이 일어났다.

"오옷!"

하고 교실이 술렁였다.

하지만 그때에는 불꽃은 이미 사라진 상태였다.

"……."

이미지로 예를 들면, 요리 영상 등에서 프라이팬에 한순간 불꽃이 피어오르는 멋있는 조리 장면과 같은 느낌이었다.

나도 모르게 침묵했다. 그리고 필사적으로 생각했다.

……정말로 저런 걸로도 괜찮은가?

보아하니 산죠는 자신만만한 표정을 짓고 있었고, 교실에 있는 모두도 딱히 떨떠름한 표정은 안 보이고 있었다.

그렇다면 저런 걸로도 괜찮을 것이다.

"좋아…… 그럼, 내 차례군."

손바닥을 산죠를 향해 뻗었다.

어제 리제르 선배의 치유를 받아서 마력은 충분히 남아있다. 이 상태라면, 어제 게르트를 날려버린 정도의 위력이라면 문제없다. 그것의 반…… 아니, 4분의 1…… 아니아니, 10분의 1 정도?

──아니, 잠깐만?

다들 귀족이고 지금까지 공부도 했을 테니까, 분명 나보다 대단한 힘을 가지고 있을 것이다.

……어쩌면, 산죠는 일부러 위력을 약하게 했을지도?

저 정도의 마법으로도 괜찮다고 생각해서 마법을 쓰면 '그런 시시한 건 인정 안 해!'라고 할지도! 그런 작전일지도 모르겠는데?!

아아! 왠지 갑자기 불안해졌어!!

교실에서 자리에 앉고 싶을 뿐인데, 왜 이렇게 힘들지?!

"역시 어제와 똑같은 위력으로 간다!"

그렇게 정하니 손바닥에 마법진이 펼쳐졌다…… 근데, 뭔가 어제보다 크지 않나?

"아니?!"

"저게 뭐야?!"

어이어이! 이 마법진, 내 몸보다 더 큰데?!

──에에잇, 될 대로 돼라!

"'파이가'!!"

다음 순간, 1학년 D반의 교실 안에 불꽃의 폭풍이 휘몰아쳤다.

바닥도 벽도 천장도 불꽃에 그슬렸고, 학생들은 한 명도 남김 없이 불덩어리가 되었다.

"꺄아아아아아아아아아아아아아아아아아앗?!"

"우와아아아아! 사, 살려줘어어어어어어어어어어어어어!!"

교실은 아비규환의 도가니로 변했다.

그 직후, 교실의 벽과 천장, 바닥에 마법진이 나타나 불꽃이 사라져갔다.

스프링클러가 아닌, 마법상쇄안전술식이 발동되어 마법의 효과를 막은 것이다.

아마 크게 다친 학생은 없을 것이다…… 하지만 책상도 의자도, 펼쳐뒀던 교과서와 노트 등은 거의 반쯤 탄 숯이 되어버렸다.

모두 멍하니 서 있었고, 난 온몸에 폭포수 같은 땀을 흘리고 있었다.

큰일이다…… 큰일이라고, 이거……. 무조건 혼날 거야.

"아하하하하하하! 꽤나 화려하게 저질렀네! 구구구구~ 하고, 푸화아아악 하고 불타고, 진짜 최고야!! 아하하하하하하하!!"

미야비만이 태평하게 깔깔거리며 웃고 있었다.

"너의 그 태평함이 부럽다……."

해바라기 같은 미야비의 미소를 봐도 기분이 밝아지지 않았다.

이건 무조건 교무실에 불려갈 건데…… 정학 같은 걸 당하면 어떡하지.

바닥에 주저앉아 떨리는 시선으로 날 올려다보고 있는 타키자와 선생님에게 뭐라고 사과하면 좋을지 잠시 동안 고민했다.

◇ ◇ ◇

예상대로 불려갔다. 그것도 교장실에.

"여어, 잘 왔네."

그 사람은 혼자 교장실에 들어가 잔뜩 긴장한 나에게 선 채로 가볍게 인사했다.

"저기…… 교장 선생님께 불려서 왔는데…… 교장 선생님은?"

"나야 나! 나라고, 나!"

왜 꼭 나야 나 사기처럼 말하는 거지.

마왕학원의 교장은, 말을 가리지 않고 표현하자면── 학원과는 영 어울리지 않는 아저씨였다.

군복 같은 옷을 한껏 흩트러서 입고 있었다. 사실은 옷도 얼굴도 멋있을 터인데, 그 모든 것을 쓸모없게 만드는 칠칠치 못한 모습. 수염은 깎지 않아 제멋대로 자라나 있고 처진 티가 나는 눈은 졸려 보였다.

허리를 쭉 펴면 키가 클 것 같은데, 자세는 구부정했고 입가에서는 웃음이 실실 새어 나오고 있었다.

한마디로 말하자면, 꽃중년이라고 표현해야 할까. 살짝 안타까운 느낌이 드는.

"다시 자기소개를 하지. 난 교장이다! 마왕학원, 통칭 긴세이 학원의 교장!"

"반대에요."

"사소한 건 됐어! 그보다 내 이름을 말해봐라!"

"자기소개한다면서요?!"

"와하하하하하하하! 선생님이 조금 앞서가 버렸구나! 먼저 가 버렸어!"

음담패설?!

"하지만 걱정할 필요는 없다! 선생님은 아직 젊은이에게는 지지 않으니 말이다! 안 빼고 3연발 정도는 문제없다고!"

"무슨 얘긴가요?!"

교장은 또다시 와하하하하 하고 호쾌하게 웃고는 엄지로 자신을 가리켰다.

"내 이름은 간도."

"간도?"

뭔가 불길한 느낌이 드는 이름이라 생각한 순간, 교장의 눈이 번쩍 하고 빛났다.

"GUN도 아니다! 선생님의 얼굴, 작화붕괴 안 됐지?! 이래 봬도 미남이라는 소리를 듣는다고?! 쿄애니 퀄리티니까!"

"전설의 애니 얘기 같은 건 안 했어요! 그보다 자기가 잘생겼다는 걸 제작회사로 표현하지 마세요! 아니 그래도 확실히 쿄애니는 대단하긴 한데?! 하루히라던가."

젠장! 이 교장, 딴지 걸 곳이 너무 많아!

간도 교장이 번쩍하고 빛났다. 그리고 척, 하고 나를 가리켰다.

"하루히 하면 스니커! 그렇다면 스니커 문고 애니 하면?!"

"마장학원 HxH!"

"동지!!"

간도 교장은 오른손을 내밀었고, 난 그에 응해 굳센 악수를 나눴다.

도대체 뭐지, 이 교장은. 아니, 나도 그만 악수를 해버렸지만!

"후후…… 젊은데 꽤 하는군. GUN도와 하루히를 봤을 줄이야. 그리고 마장을 초이스하는 걸 보면 오히려 젊음이 흘러넘치고 있어. 정열과 파토스, 그리고 에로스!"

"에로스는 제쳐두더라도, 옛날 애니를 알고 있는 건 부모님이 오타쿠라서."

"그렇군, 영재교육을 받은 건가. 【러버즈】에게 선택받을만하군."

"그거 상관없는 거죠?! 아니…… 간도 교장 선생님, 제가 【러버즈】 아르카나를 가지고 있다는 걸 알고 있나요?"

악수한 손을 놓으니 간도 교장은 책상에 앉았다.

"당연하다. 난 간도 바르바토스. 이곳의 교장이며, 현 마왕이다."

"……."

거짓말이지?

간도 교장은 어리둥절해 하는 날 보고 씨익 웃었다.

"리제르에게 이것저것 배우고 있는 것 같은데, 이 학원과 마왕 대전에 대해 아직 모르는 게 많은 것 같군."

"어…… 아, 네."

"좋~아! 그럼 특별히 내가 가르쳐주지! 이래 봬도 선생님은 선생님이니까! 하핫!"

……왜 마지막에 모 네즈미 마우스처럼 말한 거지.

아니, 그보다 이 사람은 정말로 현재의 마왕인가?

교장은 의문을 품은 날 내버려두고 의기양양하게 설명을 시작했다.

"이곳 긴세이 학원은 왜 마왕학원이라 불리고 있느냐…… 그건 차기 마왕을 뽑을 때, 이 학원의 학생 중에서 뽑기 때문이다."

"어, 하지만 전 평범한 인간의 학교에 다니고 있었는데……."

"다른 학교에 다니고 있더라도 굉장히 우수하다면 예외는 존재한다. 물론, 네 경우는 특별하다. 인간 학생은 전대미문이니 말이야!"

"혹시 학원 측의 착오가 아닌가요?"

"아니, 넌 우리가 선택한 게 아니다. 아르카나가 선택한 것이다."

간도 교장은 내 가슴 언저리를 지그시 바라봤다. 셔츠 속에 【러버즈】 아르카나가 있다는 걸 꿰뚫어 보고 있는 것처럼.

"아르카나가 스스로 주인이라 정한 자의 곁으로 갔다…… 이런 일은 있었던 적이 없어. 넌 예외 중에서도 특히 예외적인 존재지."

"그런가요…… 하지만 왜 저에게 왔을까요?"

"그걸 알면 고생 안 하지! 대응하기 곤란했다고?! 덕분에 직원 회의도 연장됐다고. 요즘은 노동개혁 요구도 제기되는 세상인데."

"네에…… 죄송합니다."

"아냐, 걱정하지 마! 노동 개혁이라는 말은 마계에는 필요 없어!!"

그럼 왜 말한 거야.

"아무튼 네가 【러버즈】아르카나에게 선택받았다는 것은 의심할 여지가 없는 사실. 그렇다는 것은 너에게는 '마왕 대전'에 참가할 자격이 있다는 뜻이다."

"마왕 대전…… 마왕의 아르카나를 가진 사람끼리 싸우는 거죠?"

"그렇다! 마왕의 아르카나를 가진 스물두 명이 싸워서 최후의 승자가 차기 마왕이 된다!! 말하자면 이 마왕학원의 정점을 정하는 싸움이지!"

교장은 책상 위에 서서 이상한 포즈를 취했다.

"그 말은…… 그러니까, 서로 죽고 죽이는, 그런 싸움인가요?"

간도 교장은 쭈뼛거리며 물어본 나에게 이를 드러내고 상쾌하게 웃으며 대답했다.

"그렇고말고!"

웃으면서 말할 사안이 아닐 텐데…….

"하하하하, 걱정이 많군, 자네는! 괜찮다! 즐거운 이벤트도 있어!"

"즐거운, 이벤트……?"

분명 거짓말일 것이라고 생각하면서도 '어떤 이벤트인가요?'라며 물어봤다.

"여하튼 마왕 대전은 장기전이다. 1년 동안 진행되지. 그 기간에는 스포츠나 문화제 등 이런저런 다양한 경기나 대회 같은 이벤트가 있지. 그 성적 또한 마왕 대전의 승패에 영향을 끼친다. 대전을 유리하게 진행하기 위한 아이템을 얻을 수도 있다고!"

"뭐라고요! 재밌을 것 같네요!"

"그런 것들을 이용하면서 1년 동안 서로 죽고 죽이는 거야! 어떻게 유효한 카드를 얻느냐, 어떤 카드를 갖추느냐 하는 전략도 중요하지! 그리고 상대를 걷어차고, 무찌르고, 밀어내는 거다!"

"……."

즐거운 이벤트와 살벌한 이벤트의 차이가 너무 심하다. 평범한 인간이 악마의 감각을 이해하기는 어려웠다.

"──뭐, 그러니 카드도 중요하다. 마왕 대전은 마왕 후보뿐만 아니라, 다른 학생도 참가하는 이벤트라는 거지."

그렇구나…… 그래서 아스피테는 리제르 선배를 탐낸 건가. 단순히 미인이라서가 아니라, 능력이 필요해서.

"누구나 카드가 될 수 있나요?"

"그럼! 마왕 후보와 카드가 계약을 맺으면 말이지! 하지만 조심해라. 이 학원의 학생들은 앞으로 마계와 인간계를 지배할 자들이다. 다들 야망을 품고 있지. 아르카나를 얻은 자는 '마왕'이 되기 위해 싸우지만, 다른 자들은 어떤 후보에게 붙을지를 정하고 카드가 되는 것을 목표로 삼지. 자기가 지지한 후보자가 마왕이 되면 두 세계를 지배하는 일원이 될 수 있으니까."

"하지만…… 모두가 카드가 될 수 있는 건 아니죠? 마왕 후보도 못 되고, 카드로도 선택받지 못한 학생은 어떡하나요?"

"이곳의 학생은 모두 마족 유력자의 자제들이다. 자신이 점찍은 마왕 후보와의 인맥 관리에 힘쓰지. 정치력, 경제력을 이용하는 싸움이야."

"……뭔가, 굉장하네요."

"하하하하! 뭐, 적어도 가장 우수한 마족이 모이는 학원이니까 말이야! 반대로 그런 녀석들 사이에서 정점에 서지 못하면 마왕이 될 자격은 없다는 말이지!!"

다시 들어보니, 자신이 놓인 상황에 몸이 떨릴 것 같았다.

"그러니 너도 빨리 우수한 카드를 얻는 편이 좋다고!"

"네, 감사합니다……하지만, 애초에 인간인 제가 마왕 대전에 참가해도 괜찮은 걸까요……?"

"그런 것보다 애니 이야기하자!!"

"어째서?!"

아무래도 교장은 평소에 오타쿠 이야기를 할 상대가 없는 것 같았다.

결국, 오전 수업이 다 끝날 때까지 오타쿠 토크에 어울리게 되었다.

◇ ◇ ◇

그리하여 점심시간을 알리는 종소리를 듣고 나서야 겨우 해방되었다.

……그러고 보니, 불려간 이유를 완전히 잊고 있었다.

그래도 이야기가 지리멸렬했던 덕분에 퇴학도 정학도 당하지 않고 마무리됐다. 교실로 돌아가니 자리도 제대로 마련되어 있었고, 선생님이나 다른 애들도 내 욕을 하지 않았다.

다들 다른 사람의 실패를 용서할 수 있는 마음이 넓은 사람들이구나. 하지만 아직 마음의 거리가 있는 모양인지, 눈을 맞춰주지 않았고 말을 걸려고 해도 자리를 피했다.

분명 수줍어하는 게 틀림없어.

두려워하는 것처럼도 보였지만, 그렇게 보이는 건 내 기분 탓일 것이다.

"유우토."

리제르 선배가 교실 입구에 서 있었다.

"같이 점심 먹는 건 어때?"

리제르 선배와 점심을?! 학원물의 정석 이벤트. 같이 도시락을 먹는 건가!

"기꺼이!"

난 가방에서 도시락을 꺼내 리제르 선배의 뒤를 따라갔다.

도착한 곳은 옥상도 안뜰도 아닌 학생 식당이었다.

하지만 마왕학원의 학생 식당은 내가 아는 학생 식당과는 달랐다. 그야말로 고급 레스토랑. 점심 메뉴도 코스 메뉴였다.

그런 식당 안에서 도시락을 여는 나.

이 이상 장소와 행동이 어울리지 않을 수가 없었다.

내 맞은편에서는 우아하게 나이프와 포크를 다루는 리제르 선배가 메인인 마츠사카 소고기 스테이크를 먹고 있었다.

가끔씩 내 도시락을 지그시 쳐다보는 게 마음이 아팠다. 분명 '어쩜 이렇게 식사가 궁상맞고 초라한 걸까'라며 불쌍히 여기고 있을 것이다.

"그러고 보니 교장실에 불려갔다면서? 괜찮았어?"

"네에…… 뭐, 딱히 보고할만한 이야기는 없지만……."

그렇다기보다는 적나라한 오타쿠 토크 따위는 보고할 수도 없고, 하고 싶지도 않았다.

"교장 선생님은 정말로 현재의 마왕인가요?"

"그래, 맞아."

진짜냐……. 정말이었던 건가…….

그것도 분명 농담인줄 알았는데. 상당히 가벼운 마음으로 이야기했는데…… 정말로 마왕이라는 이야기를 들으니 이제 와서 '괜찮았나?' 하는 생각이 들며 불안해졌다.

하지만 이제 와서 걱정한다고 해도 돌이킬 수 있는 일도 아니다. 아무튼 지금은 선배와의 점심 식사를 즐기자.

난 칼집이 들어간 문어 소시지를 젓가락으로 집어 들었다.

선배의 눈이 그 소시지를 쫓았다.

"왜 그러세요? 선배."

"아니…… 실물을 보는 건 처음이라서."

실물이라면, 문어 소시지를?

"괜찮다면, 하나 먹을래요?"

"괜찮아? 그치만 교환하려고 해도 난 스테이크 밖에 없는데."

"아뇨, 오히려 대환영이죠."

설미 소시지와 마츠사카 소고기의 트레이드가 성립할 줄은 몰랐다.

내가 내민 도시락에서 문어 소시지 하나를 포크로 찍어 기쁜 듯이 바라본 뒤에 입으로 가져갔다.

"우후후…… 뭔가 재밌네. 그리고 정말 맛있어. 유우토의 어머니는 요리를 잘하시는구나."

만족스럽게 생글생글 웃는 표정이 귀여웠다. 평소에는 어른스러운데, 이럴 때는 여자 아이다운 귀여움을 보여주는 건 치사하다.

넋을 잃고 선배의 얼굴을 보고 있으니, 크게 자른 서로인 스테이크를 포크로 찍어서 한 손을 아래에 받쳐 내 앞으로 가져왔다.

"자, 아~"

나도 모르게 주위를 둘러봤다.

그러자 지금까지 우리를 주목하고 있던 학생들이 일제히 눈을 돌렸다.

"후후. 다른 사람의 눈 따위는 신경 쓸 필요 없어. 프랑스의 왕족은 모든 사생활을 사람들에게 공개했다고 하잖아."

"아니, 전 보통 사람인데요."

"언젠가 왕이 될 거잖아."

"설령 마왕이 된다고 해도 사생활은 소중히 여기고 싶어요."

이런 대화를 하는 동안에도 리제르 선배는 어정쩡한 자세로 양손을 내밀고 있었다. 힘들 테니 이 자세를 계속 유지하게 할 수는 없었다. 난 고기를 향해 목을 뺐다.

근데, 이건 간접 키스…… 맞지?

그런 생각을 하니 더 긴장됐다. 눈 딱 감고 입을 벌려 고기를 물었다. 내 입술에서 포크가 빠져나왔다.

입속에 남겨진 고기를 씹었다.

"……맛있어."

나도 모르게 황홀해졌다.

"후후후, 다행이다. 더 먹을래?"

"아뇨 아뇨, 아무래도 더 먹는 건 죄악감이 느껴져요."

"그래? 그럼……."

선배는 철판에 남은 한 조각을 포크로 찍어서 먹으려다가 입술 살짝 앞에서 딱 멈췄다.

"──이건……."

이제야 간접 키스라는 걸 알아차린 모양이다. 눈을 살짝 크게 뜨고, 볼을 어렴풋이 물들이고 있었다.

역시 싫겠지? 하지만 눈앞에서 먹는 걸 그만두면 내가 상처 입을 거라고 생각해서 망설이고 있는 걸지도 모른다.

"저기, 무리하지 마시고──."

선배는 말을 끝내기 전에 촉촉한 눈을 가늘게 뜨고는 그대로 고기를 먹었다.

거북하다. 무슨 말이라도 해야겠다.

"이, 이야~ 이 고기, 엄청 맛있네요! 이런 건 처음 먹어봤어요!"

"그, 그렇네…… 마지막 한 입은, 특히…… 맛있었을, 지도."

머뭇거리면서 그런 말을 하는 걸 들으니, 내 가슴도 두근대며 소리를 냈다.

"유, 유우토? 슬슬 가자. 학원을 안내할게."

"아, 네."

두 사람 모두 낯간지러운 분위기로 가득 찬 테이블에서 도망치듯이 일어섰다.

◇ ◇ ◇

리제르 선배와 나란히 교사 안을 걸으면서 도서실, 과학실, 미술실 등을 하나씩 돌아봤다. 설비가 잘 갖춰져 있다는 걸 제외하면 평범한 고등학교인 것 같았다.

창문으로는 넓은 교정이 보였고, 그 앞에는 숲이 있었다.

"저 숲도 마왕학원의 부지야."

"어이가 없을 정도로 넓네요……."

곳곳에서 숲이 끊어져 있었고 야구장과 축구장 등이 보였다. 그리고 지금 있는 교사와 똑같은 건물이 있었다.

"저건 중등부 교사야."

"흐음…… 그럼 레이나는 저기에 있겠네요."

"맞아. 기본적으로 방과 후에만 만날 수 있어. 그래도 매일 팰리스에 오기로 되어 있어."

창문에서 떨어져 다시 복도를 걷기 시작했다.

학생 식당에 있을 때부터 그랬지만…… 리제르 선배는 항상 주위 학생들의 시선을 모으고 있었다. 그리고 소문 이야기를 하는 목소리가 끊이지 않았다.

"저거 봐, 리제르 선배야. 어쩜 저렇게 아름다울까……."

"역시 후작가의 아가씨…… 기품이 달라."

"게다가 마법 성적은 톱클래스…… 마왕의 아르카나를 부여받기에 어울리는 분…… 이신데."

그리고 다음으로 나에게 시선이 옮겨지고,

"왜 저런 평민이……."

"평민이기는커녕 인간이라던데."

"말도 안 돼! 리제르 님에게 가까이 다가가는 것조차 황공한 일인데……."

왠지 죄송합니다, 하고 사과하고 싶어진다.

스스로 말하는 것도 좀 그렇지만, 리제르 선배와 나는 어울리지 않는다. 모두가 그렇게 생각하는 것도 무리는 아니다.

그때, 내 손에 선배의 손끝이 얽혔다.

"읏?! 리, 리제르 선배?!"

손을 잡혔다.

게다가 이건…… 연인끼리 한다는 깍지 끼기?!

"신경 쓰면 안 된다? 넌 내가 인정하고 있으니까."

모두의 평판을 듣고 내가 낙담하진 않았을까 걱정해주고 있구나…… 선배는 어쩜 이렇게 마음이 고운 걸까.

"감사합니다. 그래도 모두의 마음도 이해가 돼요. 역시 마왕 후보라는 건, 신경이 쓰이는 존재라고 해야 할까…… 모두의 입장에서는 남의 일이 아니네요."

"물론이지. 자기들의 왕이 될지도 모르잖아."

마왕, 귀족, 상급 마족, 평민…… 그리고 인간, 인가.

그러고 보니, 난 그 관계에 대해서 제대로 이해하고 있지 않았다. 말이 가진 이미지로 두루뭉술하게 상상하고 있었을 뿐이라는 걸 이제야 깨달았다.

"아까 교장 선생님한테도 살짝 들었는데…… 교장 선생님이 마왕이라는 건, 그 사람이 마족의 왕이라는 거죠?"

"그래. 모든 악마의 왕이야. 이 세계와는 다른 마계를 지배하고 있지. 당연히 이 세계도 마족의 지배하에 있으니까, 두 세계의 지배자가 되겠지."

"그러니까 인간보다 상위에 마족이 있고…… 그 마족에도 신분 제도가 있죠? 선배는 귀족이라고 했는데……."

"일단은. 이름밖에 없는 후작가야."

후작이라면, 귀족의 작위 중에서도 상당히 높은 거 아니었나?

"마족의 신분 제도는 위에서부터 대공, 공작, 후작, 변경백, 백작, 자작, 남작으로 서열이 구성되어 있어. 작위는 아니지만 계위로 따지면, 그 아래에 기사, 그리고 상급 마족, 일반 마족, 명예 마족 순으로 이어져."

명예 마족은 들은 적이 있다. 이전에 아버지가 말한 인간이 얻을 수 있는 칭호다.

"참고로 미야비는 변경백. 레이나는 자작가야."

"그런가요…… 귀족이라면 역시 커다란 영지를 가지고 있고, 수많은 가신이 있는…… 그런 느낌인가요?"

잡고 있는 선배의 손끝에 힘이 들어갔다.

"인간계에는 마왕의 직할지와 각 귀족이 소유한 영지가 있어. 그곳에서 얻을 수 있는 에너지가 우리의 에너지가 되어서 마계를 지탱하고 있는 거야."

"인간계에서 에너지를 말인가요?"

"……오해하지 말았으면 해서 맨 처음에 말해두겠는데…… 마족은 인간의 마음의 움직임을 에너지로 삼고 있어."

"마음의…… 움직임?"

"그래. 감동이나 기쁨, 그리고 온갖 욕망, 악의와 공포도."

내 마음속에 작은 공포가 생겨났다.

선배가 그걸 감지한 것처럼 내 손을 강하게 쥐었다. 버림받지 않으려는 것처럼, 마치 매달리듯이.

"그래서 일부러 인간에게 고통을 주거나 타락시키거나 해서 에너지를 회수하려는 녀석들도 많아. 악마의 나쁜 이미지는 그런 모습에서 기인했어."

"……그랬나요."

그래서 게르트는 날 가축이라고 부른 건가.

"하지만 알아주면 좋겠어. 마족 중에는 그렇게 간단하게 이익을 얻으려는 자들만 있는 게 아니라는 걸. 예술이나 평화를 선사해서 순수한 기쁨이나 긍정적인 에너지를 채취하려는 마족도 있어."

리제르 선배의 진지한 눈동자가 날 올려다보고 있었다.

그 눈동자에는 성실함, 그리고 믿어줬으면 좋겠다는 소망의 빛이 담겨있었다.

"고마워요. 이상하게 꾸며낸 말을 듣는 것보다 훨씬 믿을 수 있어요. 전 리제르 선배를 믿고 있어요."

"유우토……."

리제르 선배의 보석처럼 아름다운 눈동자가 촉촉해져 반짝임을 더했다.

서로 바라보는 게 부끄러워서 나는 앞을 봤다.

"왠지…… 마왕이 되는 것도 괜찮지 않을까 하는 마음이 들기 시작했어요. 인간이 마왕이라니, 모순일지도 모르지만요."

"난 유우토가 인간이기에 차기 마왕에 어울린다고 생각해."

"예?"

"다른 마왕 후보는 전부 귀족. 다들 자신의 영광을 위해 마왕이 되려 하고 있어. 하지만 사랑의 마왕인 유우토라면, 두 세계를 사랑으로 지배할 수 있어. 난 그렇게 믿고 있어."

"리제르 선배……."

"물론."

이라고 덧붙이며, 선배는 귀엽게 한쪽 눈을 감았다.

"그러려면 고된 특훈을 받아서 실력을 키울 필요가 있지만."

"……긍정적으로 검토하겠습니다."

정말이지. 채찍과 당근을 나눠서 쓰는 게 정말 능숙하다.

결국 나는 이 아름답고 악마 같은 선배의 손바닥 위에서 놀아

나고 있을 뿐일지도 모른다.

그건 그거대로 나쁘지 않다는 생각도 들었다.

"그럼 이제 체육관을 보고 교실로 돌아가자."

모퉁이를 도니 연결복도가 있었고, 그 끝에 체육관이 있었다.

우리는 체육관 앞까지 가서 문을 열었다.

"……저건?!"

체육관 한가운데에 피투성이가 된 남자가 쓰러져 있었다.

지독하게 괴롭힘당했을 것이다. 교복은 너덜너덜했고 얼굴의 형태도 변해 있었다. 하지만 가까스로 그게 누군지 알아냈다.

"게르트?!"

쓰러진 게르트를 내려다보는 남자가 얼굴을 들었다.

억센 몸을 가진 거한이었다. 키는 190센티 이상, 어깨 폭이 유별나게 넓었고 목의 두께가 얼굴의 폭과 비슷할 정도였다.

그리고 한 손에는 칼집에 들어간 검을 쥐고 있었다. 곧고 양쪽에 날이 달린 서양식 검인 것 같다.

"네놈이 모리오카 유우토인가. 어제는 게르트가 신세를 졌다더군."

"신세라니…… 넌."

"난 【월드】의 카드, 나이트 키르가."

"그렇다는 건 게르트의 동료인가. 도대체 무슨 일이 있었던 거지?"

몸집이 큰 남자는 오른발을 들어 게르트의 가슴을 짓밟았다. 꾸욱 하는 소리가 나고, 게르트의 입에서 선혈이 뿜어져 나왔다.

"그만해!! 너, 게르트의 동료잖아?! 왜 그런 짓을 하고 있는 거야?!"

"인간 따위에게 뒤처진 이 녀석은 【월드】의 수치. 영광스러운 아스피테 님의 체면에 먹칠을 한 죄는 용서할 수 없다. 그래서 벌을 내리고 있다. 쓸데없는 참견은 하지 마라."

키르가는 검을 뽑았다.

차갑게 빛나는 칼날은 그것이 진짜 검이라는 것을 증명하고 있었다.

"그만둬!!"

난 순간적으로 뛰쳐나가고 있었다.

"유우토?!"

선배의 초조한 목소리가 뒤에서 울렸다.

난 '파이가' 마법을 쓰려고 오른손을 앞으로 내밀었다. 하지만——.

마법을 발동하는 것보다 검을 내려치는 단순한 동작이 압도적으로 빠르다.

——이런!!

너무 가까이 다가갔다.

마법으로 공격을 할 것이라면 오히려 거리를 더 벌렸어야 했다.

이런 걸 실전으로 배우면 목숨이 몇 개나 있어도 부족할 것이다. 선배에게 훈련을 받았다면 이런 일은 안 일어났을 텐데.

그런 후회를 가슴에 품고 다가오는 칼날을 꼼짝없이 바라보는데——,

눈앞에서 불꽃이 튀었다.

"?!"

어느샌가 내 앞에 작은 몸이 있었다.

자신의 몸보다 더 긴 일본도를 쥐고 키르가의 검을 받아내고 있었다.

"다친 곳은! 다친 곳은, 없나요?!"

"레이나?!"

──코이와이 레이나.

어제 리제르 선배와 미야비와 함께 나의 카드가 되고 싶다고 한 중등부 코이와이 레이나였다.

"핫!"

레이나는 긴 은발을 나부끼며 키르가의 검을 받아쳤다.

받아쳐 낸 검으로 키르가를 베려고 했다.

"읏!"

키르가는 뒤로 크게 뛰어서 레이나를 경계하듯이 검을 쥐었다.

"코이와이 레이나…… 아직 중등부지만, 검을 다루는 실력은 상당하다고 들었다."

"유우토 씨한테는 손가락 하나 못 대게 할 것인 거예요!"

나는 나를 지키려고 하는 작은 등을 바라봤다. 그리고 가까이에 쓰러져 있는 무참한 모습의 게르트.

다들, 나 때문에──,

"레이나, 기다려."

"유우토 씨?"

레이나는 앞으로 나서려고 하는 나를 놀란 눈으로 올려다봤다.

"이건 내가 뿌린 씨앗이야. 그런데도 모두를 싸우게 만들고 보호를 받는 건 잘못된 일이야."

리제르 선배가 놀란 목소리를 냈다.

"무, 무슨 소리를 하는 거야 유우토! 넌 아직——."

"이 정도의 위기도 못 넘기면서 뭐가 마왕 후보야! 녀석은 내가 쓰러뜨려 보이겠어!"

선배는 헉, 하고 숨을 삼키고 눈을 휘둥그레 떴다. 레이나는 방금 전까지의 멋진 모습은 어디로 갔는지 허둥거리고 땀을 흘리면서 당황하고 있었다.

"그, 그만, 그만두세요. 유우토 씨의 몸은 소중해요! 레이나 같은 건, 레이나 같은 건 신경 써주지 않아도 괜찮아요!"

"기다려, 레이나."

리제르 선배가 나에게 다가왔다.

"이제는 말릴 수 없어. 그래도, 유우토."

리제르 선배는 내 손을 잡고—— 자신의 가슴으로 이끌었다.

손바닥으로 이 세상의 것이라는 생각할 수 없는 부드러움과 탄력을 느꼈다.

"리, 리제르 선배?!"

서둘러 손을 빼려고 했지만, 선배는 내 손을 꽉 잡고 놓아주지 않았다. 가슴을 더 내밀어서 내 손가락을 가슴 속에 파묻히게 했다. 그 부드러움과 탄력은 무한한 상냥함과 자애, 그리고 모성으로 차 있었다.

"유우토, 오늘 마법을 썼지?"

"아…….."

그러고 보니 오늘 아침에 교실에서 산죠의 도발을 받아 '파이가' 마법을 썼다.

"키르가 상대로는 전력을 다해서 마법을 쓰지 않으면 이길 수 없어."

선배의 가슴에서 내 손끝을 통해 마력이 충전되어 갔다.

"그리고 자비를 베푸는 건 금물이야. 상대를 걱정해서 봐주면―― 죽을 거야."

"……네."

선배는 문득 미소 짓고는 내 손을 가슴에서 떼어냈다.

"이겨야 해, 유우토."

"네!"

내가 앞으로 나아가니, 키르가를 막고 있던 레이나가 길을 비켜줬다. 키르가는 내 모습을 바라보고 얼굴을 찡그렸다.

"어리석군…… 여자 뒤에 숨어있었으면 오늘은 목숨을 부지할 수 있었을 것을."

"아직 모두와는 정식으로 계약을 안 맺었어. 날 위해 싸우게 할 순 없지."

"참 이상한 것에 집착하는군…… 그건 그렇고, 네놈이 화내는 이유가 이해되지 않는다. 게르트는 적일 텐데? 게다가 네놈을 상당히 모욕했다고 들었다. 넌 어째서 그런 녀석을 위해 분노를 부딪치는 것인가?"

"확실히 게르트의 편견은 용서할 수 없어. 하지만 이 녀석 나름대로 동료를 위해 싸우려고 했잖아? 졌다고 해서 이런 꼴로 만들어 놓는 건, 더 용서할 수 없어! 그런 건 동료도 뭣도 아니잖아!!"

키르가는 화난 표정으로 나에게 검을 겨눴다.

"무르다! 너무 물러!! 기가 막혀서 말도 안 나오는군! 역시 인간이다! 우리 마족의 말석을 더럽히는 것조차 허용할 수 없다!"

검 끝에 마법진이 생겨났다.

"'파이자드'!!"

그 마법진은 '파이가'보다 더 복잡한 마술식으로 그려져 있었다.

다시 말해서, 더 고도이며, 더 높은 파괴력을 가진 상위마법.

내가 아직 모르는 마법이다.

아르카나에게 부탁하면 습득할 수 있을지도 모른다. 하지만 새 마법을 배운다고 하더라도 제대로 쓸 수 있을지 어떤지는 알 수 없다. 그러니──.

"지금의 나에게는 '파이가'밖에 없어!!"

나도 오른팔을 앞으로 내밀어 손가락을 펼쳤다. 그와 동시에 마법진이 전개되었다. 키르가는 그 마법진을 보고 얼굴을 찌푸렸다.

"그런 초보자가 쓸 만한 마법을…… 더더욱 실망했다."

역시 실력자다. 내 마법진을 한 번 본 것만으로도 어떤 술식인지 이해한 듯했다.

키르가의 마법진의 빛이 강해지고 포효했다.

"죽어라!! 모리오카 유우토!!"

그리고 나도 포효했다.

"우오오오오오오오오오오오오오오오오오오오오오오오!!"

방금 막 받은 마력을 아낌없이 마술식에 퍼부었다.

내 마법진의 빛이 강해지고, 한 번에 거대해졌다.

그것은 키르가의 '파이자드'를 아득하게 능가했다.

키르가는 경악하여 눈을 크게 떴다.

"아니…… 이것이 '파이가'라고?! 믿을 수 없군! 이렇게 거대한 건, 있을 수가——."

"'파이가'!!"

내 마법진에서 불꽃이 폭발하듯이 뿜어져 나왔다.

"끄아아아아아아아아아아아아아아아아아아아아아아아?!"

키르가도 검으로 막으려고 했지만, 그것도 한순간. 순식간에 불꽃에 삼켜졌다.

체육관의 바닥과 벽이 불길에 타올랐다. 그리고 키르가의 몸은 벽에 처박혔다가 얼굴로 바닥에 쓰러졌다.

교복에 짜인 방어 술식 덕분에 죽진 않을 것이다. 하지만 그 교복도 더 이상은 한계였는지 불길에 타서 연기를 내고 있었다.

"대단해요! 대단해요! 유우토 씨!!"

레이나가 뿅뿅 뛰면서 기뻐하고 있었다.

난 확인을 구하듯이 리제르 선배를 돌아봤다. 거기에는 만족스러운 미소를 띤 리제르 선배가 있었다.

"만점이야♡ 유우토."

레이나는 아직 흥분이 가시지 않았는지 계속해서 **뿅뿅** 뛰고 있었다.

"정말 정말 대단해요! 그런 '파이가'는 처음 봤어요! 그건 정말로 '파이가'인가요?!"

내가 대답하기 곤란해하고 있으니 리제르 선배가 대신 대답했다.

"그게 평범한 마족과 왕의 차이야."

"호에에에~"

레이나는 입을 마름모꼴로 만들어 감탄하는 소리를 냈다.

"어쨌든 팰리스로 돌아가자. 선생님께 말해서 오후 수업은 쉬──."

리제르 선배의 안색이 변했다.

"이건······."

"무슨 일인가요? 선──."

등줄기에 한기가 흐르고 소름이 끼쳤다.

뭐지? 이건.

인간인 나도 알 수 있었다.

뭔가 터무니없이 거대한 존재가 다가오고 있다.

두렵고 강대하며,

정말 위험한,

"이거 놀랍군."

체육관의 벽에 갑자기 구멍이 **뚫렸다.**

부순 게 아니다. 마치 벽의 소재가 갑자기 부드러운 고무로 변해버린 것처럼 변형되어 입구를 만들고 있었다.

그 남자가 들어오기 위한 입구를.

회색 머리칼에 위험한 눈매. 심상치 않은 마력을 뿜는 이 남학생은 본 적이 있었다.

──아스피테.

【월드】아르카나를 소유한 마왕 후보.

아스피테는 나에게는 눈길도 주지 않고, 리제르 선배를 한 번 본 뒤에 키르가를 봤다.

"아, 아스피테 님……."

키르가는 상처투성이가 된 몸으로 어떻게든 몸을 일으켜 무릎을 꿇었다.

"네놈이 게르트에게 벌을 주고 있다는 말을 들어서 와봤는데…… 말이 꽤나 다르구나."

"이…… 이건."

"리제르."

아스피테는 목만 기울여서 리제르 선배가 있는 곳을 쳐다봤다.

"어쩔 셈이지? 내 소환을 거절할 뿐만 아니라, 내 카드에까지 손을 대다니."

리제르 선배의 볼에 식은땀이 흘렀다.

이 아스피테라는 남자는 그만한 악마라는 건가.

"……내가 아냐. 이렇게 한 건 거기에 있는 유우토야."

"뭐?"

아스피테는 지금 처음으로 내 존재를 알아차린 것처럼 시선을 돌렸다.

그리고 의아하다는 표정을 짓고는 키르가에게 물었다.

"키르가, 정말인가?"

"……예."

그렇게 대답한 순간, 아스피테를 둘러싸듯이 구체의 마법진이 한 순간 나타났다.

……뭐지, 지금 건?

복잡하기만 한 게 아니었다. 무서울 정도의 대단함을 느끼게 하는 마술식이었다. 비유하자면, 인간의 지식이 미치지 않는 세상의 진리를 마술식으로 나타낸 듯한 마술식.

"일어서라, 키르가."

"넷!"

키르가는 고통에 진땀을 흘리면서도 일어섰다.

"키르가여, 네놈에게는 【월드】의 나이트라는 자각이 있는가?"

"자…… 자랑스럽게 여기고 있습니다."

"난 언젠가 마왕이 될 남자다. 인간이든 악마든, 모든 존재는 내 뜻에 따라야만 하지. 그러기 위해서는 절대적인 힘으로 상대를 짓밟을 필요가 있다."

"……예."

"──그런데 나의 나이트인 네놈이 이런 꼴을 하고 있다. 어쩔 생각이냐?"

"아, 아직 싸움은 끝나지 않았습니다! 반드시 이기겠습니다!

이 검을 걸고!!"

"호오. 그런데 인간에게 뒤지는 검에 무엇을 맹세한다는 것이냐? 오히려 그런 건 가지고 있어 봐야 필요가 없다."

"황공하오나…… 이 검은 저희 가문의 가보로……."

아스피테는 가볍게 발을 들어 키르가가 가진 검을 가볍게 걸어찼다.

겨우 그것만으로 강철의 검이 산산조각이 났다.

"아니……."

나도 모르게 목소리가 흘러나왔다.

뭐지, 지금 건?

키르가도 믿을 수 없는 것을 보듯이 산산조각이 난 검의 파편을 바라봤다.

"내, 내 검이…… 절대로 부러지지 않는 가보의 검이……."

"키르가여, 네놈에겐 나의 카드로 있을 자격은 없다. 사라져라."

"기, 기다려 주십시오! 한 번 더, 기회를──."

아스피테는 천천히 손을 뻗어 키르가의 가슴팍을 밀었다.

다음 순간, 키르가의 몸이 사라졌고, 폭발한 것처럼 격렬한 소리가 울려 퍼졌다.

"아니……?!"

체육관의 벽이 부서져 바깥에 있는 교정이 보였다. 교정 한가운데에 쓰러져 있는 키르가의 모습이 보였다.

오싹, 하고 등줄기가 서늘해졌다.

저게 아스피테의 힘인가? 도대체 얼마나 되는 파괴력을 가진 타격인가. 가볍게 만진 것만으로 검을 부수고 그 거구를 날려버렸다.

하지만, 정말로 그런가?

뭔가 타격이나 물리적인 공격 등, 그런 것과는 다른 차원의 무언가라는—— 그런 느낌이 들었다.

아스피테는 리제르 선배를 째려보듯이 바라봤다.

"리제르. 한 번 더 말하지. 나에게 와라."

"유감스럽게도, 내가 모실 사람은 이미 정해졌어."

"뭐라고……."

"넌 다른 사람을 힘으로 눌러 복종시키는 것에서 희열을 찾아내는 사람이지. 나랑은 안 맞아."

아스피테는 눈동자만 움직여 나를 힐끗 봤다.

"……나는 언제나 세계 1위, 즉 지배자다. 지금까지도 그래왔고, 앞으로도 그렇다. 그리고 나 이외의 존재는 전부 종복이다. 나에게 거역하면 언젠가 종복이 되는 미래가 기다리고 있다. 그걸 알고 있는가?"

리제르 선배는 아스피테를 경계하면서 대답했다.

"난, 우리가 바라는 미래를 기대하고 있어."

"……후회하게 될 거다."

아스피테는 우리에게 등을 돌려 벽을 향해 걸어가기 시작했다. 그리고 벽이 알아서 일그러진 것처럼 구멍을 열어 아스피테의 길을 만들었다.

또다.

아스피테가 밖으로 나가자 벽은 원래대로 돌아왔다.

"저것이…… 【월드】 카드를 가진 아스피테인가……."

"그래…… 강적이야."

레이나도 하아 하고 숨을 크게 내쉬었다.

"아무튼 아무튼, 아무 일 없이 끝나서 다행이에요……."

"리제르 선배, 그리고 레이나도…… 폐를 끼쳐서, 미안……
해——."

지금까지 긴장감으로 어떻게든 의식을 붙들고 있었지만, 그것
도 한계인 듯했다. 마력을 너무 많이 쓴 탓에 의식이 멀어졌다.

눈앞이 깜깜해졌다.

◇ ◇ ◇

"……응."

"아, 눈을 뜬 거예요."

"여긴……."

캐노피가 달린 침대에 누워있었다. 대답을 들을 것도 없었다.
【러버즈】의 팰리스다.

오른쪽에는 리제르 선배가 바싹 붙어있었고, 왼쪽에는 미야
비, 몸 위에는 레이나가 배를 깔고 올라타 있었다. 정말로 올라
타 있는지 의심스러울 정도로 가벼웠다.

내가 정신을 잃은 동안에 '힐링·러버즈'를 써주고 있었나…….

"다들…… 폐를 끼쳐서 미안해."

리제르 선배는 내 머리를 부드럽게 쓰다듬었다.

"왜 사과하는 거야? 넌 스스로의 힘으로 키르가에게 이겼잖아?"

"맞아요 맞아요! 정말 멋졌어요!"

그런 말을 들어도 순순히 수긍할 수 없었다. 실제로 지금은 이렇게 모두에게 신세를 지고 있다. 나는 마력이 다하면 전원이 나간 것처럼 정신을 잃고 만다.

"다들, 고마워. 내가 멋대로 벌인 일인데…… 게다가 적을 위해서 대적할 수 없는 상대에게 덤비다니…… 참 바보 같지."

리제르 선배는 베개에 머리를 올려둔 채로 살짝 고개를 저었다.

"아냐, 그런 점이 멋지다고 생각해."

"예?"

"그래야 【러버즈】 아르카나를 가진 마왕 후보…… 우리의 마왕님이지♡"

볼을 살짝 붉히고 뜨거운 시선으로 바라보면서 그런 말을 하니, 왠지 그런 느낌이 들었다. 리제르 선배의 아름다운 눈동자를 피하듯이 반대쪽을 보니──,

"뭔가 얌전할 것 같았는데, 생각보다 열혈이구나! 아~, 나도 보고 싶었는데~. 유우토가 파바박~ 해서 꽈광~ 하는 모습!"

그만해, 부끄러워.미야비에게서 시선을 돌려 천장을 올려다보니,

"역시 역시! 유우토 씨는 사랑의 마왕이에요!"

거기에는 순진무구하게 웃는 레이나가 있었다.

뭐야 이거. 전혀 도망칠 곳이 없어. 어디를 봐도 미소녀가 있잖아.

……아니, 그보다,

이제 각오를 해야 하지 않을까?

"다들──."

난 자연스럽게 물었다.

가슴속에 불타는 마음과 이미 굳은 결심을 숨기고서.

"난, 모두가 자랑할 수 있는 마왕이 될 수 있을까?"

세 사람은 얼굴을 마주 보고 키득거리며 웃었다.

그리고 나에게서 몸을 떨어뜨리고 침대 위에 앉았다. 나도 몸을 일으켰다.

"유우토, 그럼 정식 계약을 맺겠습니다. 저, 히메가미 리제르를 【러버즈】의 카드로 더해주실 수 있습니까?"

"그래. 내가 마왕이 되기 위해. 빌려줘, 리제르 선배의 힘을."

리제르 선배의 얼굴이 다가왔다.

아니, 너, 너무 가까운데──?!

내 입술에 달콤하고 부드러운 감촉이 퍼졌다.

나의 첫 키스.

그 때 아르카나의 목소리가 들렸다.

'히메가미 리제르가 〈〈퀸〉〉이 되었습니다.'

입술이 떨어졌다.

리제르 선배는 손가락 끝으로 자신의 입술을 만졌다. 그리고 황홀한 표정으로 서약했다.

"맹세합니다. 히메가미 리제르는 모든 것을 바쳐 유우토를 위해 헌신하겠습니다."

다음은 미야비였다.

아무래도 부끄러운지 얼굴이 빨갰다.

"에헤헤…… 좀 긴장되네."

"그래. 나도──?!"

미야비는 허를 찔러서 내 입술을 빼앗았다.

"……읍!"

'유우가오제 미야비가 〈〈프린세스〉〉가 되었습니다.'

"아, 아하하…… 그러니까, 아무튼, 잘 부탁해! 유우토!"

"그래. 나야말로."

마지막은 레이나.

"저, 저, 저기, 그러니까, 부부부 부족한 몸이지만, 잘 잘──."

딱딱하게 긴장하고 있었다.

뭔가 긴장이 여기까지 전염될 것만 같았다. 나는 얼굴을 가까이 대서 눈을 꼭 감고 있는 레이나의 작은 입술에 키스했다.

'코이와이 레이나가 〈〈나이트〉〉가 되었습니다.'

입술을 떼니, 레이나는 푹 익은 얼굴로 몸을 비슬비슬 흔들었다.

이제 더는 물러설 수 없다.

나는 이곳 마왕학원에서 차기 마왕이 될 것이다.

모두를 위해서. 그리고 나 자신을 위해서.

제3장

첫 레슨

【월드】의 팰리스는 온갖 사치를 부린 회의실이었다.

왕좌에 앉은 자는 아스피테. 라인 후작가의 자제이다.

가늘고 긴 테이블에는 14명분의 자리가 마련되어 있었다.

앉아있는 사람은 11명. 모두가 아스피테의 카드—— 즉 권속이다.

마왕 후보는 카드를 14명까지 소유할 수 있다.

2부터 10까지의 서열을 가진 9명의 슈트 카드.

주력인 '퀸' '프린세스' '프린스' '나이트' 네 명으로 구성되는 코트 카드.

그리고 말 그대로 에이스인 에이스 카드.

——이렇게 14명이다.

"모리오카 유우토…… 인간 주제에 키르가를 쓰러뜨릴 줄이야……."

자리에 앉아있는 카드들은 살아있어도 살아있다는 기분이 들지 않았다. 아스피테가 언제 화를 낼지 모른다. 화풀이로 마법이라도 썼다간 자신들의 목숨도 위험하다.

그런 상황 속에서 딱 한 명, 공포심을 느끼지 않는 것인지 마비된 것인지 빈정거리는 웃음을 띤 남자가 있었다.

"아스피테 님, 들려주고 싶은 말이 있습니다만."

"하이다인가…… 말해봐라."

하이다라고 불린 남자는 교복 위에 후드가 달린 겉옷을 입고 있었다. 후드를 푹 눌러쓰고 있어서 눈매가 어떤지는 알 수 없었다. 하지만 초승달 모양으로 올라가는 입을 보니, 어딘가 광기가 느껴졌다.

"녀석은 이미 세 명의 카드를 모았다고 하더군요. 게다가 그 면면들이 히메가미 리제르, 유우가오제 미야비, 코이와이 레이나……."

아스피테는 그 이름을 듣고 화가 치미는지 표정을 일그러뜨렸다.

"리제르 이년이…… 이 몸의 권유를 거절했으면서 정식으로 계약까지 맺었다고?"

아스피테의 몸에서 마력이 끓어올랐다.

"나는 힘으로 상대를 굴복시켜 자신의 의사에 반하는 것을 강요한다. 울고, 괴로워하고, 원망하고, 하지만 나에게 복종하지. 그 모습을 보는 것이야말로 나의 기쁨. 그렇게 하는 것으로 나는 스스로의 힘을 실감할 수 있다. 그리고 진정한 의미로 상대를 지배하게 되는 것이지. 그런데…… 그년은."

하이다 이외의 카드들은 벌벌 떨었다. 마력의 파동을 느끼기만 해도 떨림이 멈추지 않았다. 그것은 본능적인 공포였다.

아스피테의 기분 하나에 따라서 자기들의 목숨이 날아간다.

위험한 주인이긴 하지만 실력을 의심할 여지는 없었다. 가장 유력한 차기 마왕 후보다. 만약 아스피테가 마왕이 되는 날에는 자신들에게도 영예와 영화가 약속된다.

단, 그때까지 살아남는다면 말이지만.

"저기요, 보스. 용서할 수 없지 않습까? 맛있어 보이는 암컷만 가져갔으니 용서할 수 없죠?"

아스피테는 눈을 가늘게 뜨고 하이다를 노려봤다.

그 눈동자에는 살기, 그리고 하이다 이상의 광기가 서려있었다.

"그런 놈은 언제든지 없앨 수 있다…… 그놈은 어찌 되든 상관없어. 그보다는 놈의 카드다. 내 앞에 히메가미 리제르의 무릎을 꿇리는 거다. 다른 마왕 후보에게 쓸 만한 카드를 빼앗기는 건 재미없지. 그리고——."

아스피테는 가학적인 미소를 지었다.

"리제르를 내 카드로 삼아서 나에게 거역한 죄가 얼마나 큰지 영원히 뼈저리게 느끼게 해주마."

"그렇죠! 그럼 만약 유우토를 쓰러뜨리고 여자를 잡아 오면 히메가메 리제르는 드리겠습다! 하지만 유우가오제는 저한테 주시죠!"

"유우가오제……?"

"그 여자, 그렇게나 야한 몸으로 학교 안을 걸어 다니기나 하고! 괘씸하죠? 그도 그렇게 미치도록 범하고 싶어지잖습까?!"

후드 아래로 반짝반짝 빛나는 눈동자가 나타났다.

"그러니까 제가 교육해주는 겁니다! 목줄을 채우고 감금시켜 철저하게 가르쳐주는 겁다! 자기가 단순한 암퇘지였다는 사실을! 키히히히히히."

아스피테는 얼굴을 살짝 찡그리며 아무래도 좋다는 듯이 대답했다.

"마음대로 해라."

"아싸! 우리 보스는 이해가 빨라서 좋다니깐!"

"그 대신 실패는 용서하지 않는다. 네놈은 우리의 에이스다. 패배는 곧 죽음을 의미한다는 걸 명심해라."

하이다의 입가에 잔학한 미소가 떠올랐다.

"맡겨주십쇼! 반드시 유우토를 죽이고 히메가미 리제르를 아스피테 님의 노예로 만들어 보이겠습니다! 그리고 유우가오제는…… 내 성노예다! 햐하하하하하하!"

◇ ◇ ◇

"일어나♡ 유우토♡"

음…… 아아, 아침인가.

정말이지, 【러버즈】아르카나도 참 착실하게 매일 아침에 깨워주네…… 근데, 오늘은 평소랑 분위기가 좀 다른 것 같은데……?

"참~ 잠꾸러기구나. 정신 안 차리면, 장난칠 거야♪"

……누구지?!

벌떡 일어나니, 옆에 금발 미소녀가 있었다.

게다가── 알몸.

얼굴도, 가슴도, 허리도 화려하다고 해야 할까…… 실로 야하다. 그라비아 아이돌처럼 누운 포즈로 씩 웃었다.

"좋은 아침이야♡ 유우토."

"미! 미야비?!"

요전 날에 막 카드가 된 유우가오제 미야비가 어째서인지 내 침대 속에 있었다.

"아닛! 왜 이런 곳에 있는 거야?! 아침 댓바람부터!!"

"에~ 그게 무슨 소리야? 밤이었으면 침대에 끌고 들어갈 생각인 거야아~?"

"아니야! 그보다 이미 들어와 있잖아?! 도대체 어디서 들어온 거야?!"

"그야 당연히 전이 마법으로 들어왔지."

"그렇게 편리한 마법이 있어?!"

미야비는 작은 혀를 입술 사이로 내밀며 장난스럽게 미소 지었다.

"미안, 거짓말이야."

"거짓말이냐?!"

"그런 초고도 마법 같은 건 나한텐 무리야 무리. 그야 난, 바보인걸."

"그럼, 어떻게?"

"부유 마법. 창문이 안 잠겨있어서 들어와 버렸어. 하지만 유우토는 자고 있었고, 나도 졸려서 침대를 빌려볼까 싶었어."

설마 우리…… 밤새도록 같이 잔 건가?!

"그, 그건 그렇고…… 말이야! 왜 옷을 안 입고 있는 거야?"

"에~? 그치만 난 잘 때는 항상 알몸으로 자는데?"

"그렇다고 다른 사람 침대에서——."

그 때 계단을 올라오는 발소리가 들렸다.

"무슨 소란이냐? 유우토."

"큰일이다! 아빠야! 어, 어디에 좀 숨어있어!"

나는 허둥거렸지만 미야비는 느긋하게 엎드린 채로 웃으며 대답했다.

"에~? 왜~?"

"왜라니! 아니, 당연하잖아?! 이런 모습을 보이면……!!"

하지만 비정하게도 문이 열리는 소리가 울려 퍼졌다.

"유우토, 누가 있……"

아버지의 손에서 태블릿이 미끄러져 발 위에 떨어졌다.

"아…… 아빠, 이건……."

미야비는 어느 샌가 시트를 몸에 감아서 중요한 곳을 가리고 있었다.

"처음 뵙겠습니다, 아버님. 이런 모습이라 실례가 많습니다. 전 유우가오제 변경백의 딸, 유우가오제 미야비라고 합니다. 앞으로 잘 부탁드립니다."

예상외로 제대로 된 자기소개였다. 다만 차림새가 모든 것을 망치고 있었지만.

아버지는 식은땀을 흘리며 입술을 떨고 있었다.

연애 늦깎이라고 생각하던 아들이 갑자기 여자를 들여온 데다가 알몸으로 아침을 맞이했으니, 쇼크를 받을 만하다.

"저기, 아빠. 진정하고 들어줬으면 하는데. 이건 오해야. 미야비는──."

"여! 여보오오오오오오! 큰일이야아아아아아아아아아!!"

그러니까 진정하라고!

"유우가오제 아가씨가! 우, 우리집에 계신다고오오오오!!"

──어?

다시 계단을 뛰어 올라오는 소리가 들렸고, 어머니가 방으로 뛰어 들어왔다.

"어머머머머머머머! 벌써 이런 사이가…… 어떡하죠?"

미야비는 쭈뼛거리며 어머니를 보고 격식을 차리고 대답했다.

"어머님, 전 유우토 군과 장래를 약속한 사이에요. 계약도 맺었으니, 걱정하실 필요 없사와요."

그거 차기 마왕이 된다고 약속한 거 말하는 거지?! 계약을 맺었다는 건 카드가 되어서 함께 싸운다는 뜻 맞지?!

"유우! 벌써 약혼한 거야?!"

"아냐! 그게 아니라고!"

"뭐?! 그럼 결혼해버린 거야?!"

틀렸다, 어머니가 폭주하고 있다.

그리고 다시 계단을 뛰어서 올라오는 소리가 들렸다. 이번엔 대체 뭐야?!

쾅! 하고 문이 열리고, 윤기 있는 흑발을 가진 미소녀가 등장했다.

"리제르 선배?!"

선배는 방을 둘러보고 부모님에게 시선을 고정했다.

"마음대로 들어와서 죄송합니다. 전 히메가미 후작가의 리제르."

아버지는 입을 크게 벌리고 말을 잃었다. 그리고 잠꼬대하는 것처럼 중얼거렸다.

"이, 이럴 수가…… 히메가미 님의 따님이, 이런 곳에 올 리가……."

리제르 선배는 죄송한 듯이 머리를 숙이고,

"무례를 범한 건 잘 알고 있습니다. 하지만 아드님의 위험을 감지하였기에 긴급사태라고 판단했습니다."

위험?!

"설마 다른 마왕 후보가 습격을?!"

"아니."

리제르 선배는 무서운 얼굴로 미야비를 노려봤다.

"정말이지 잠시도 마음을 놓을 수가 없네…… 경솔한 행동은 삼가라고 했을 텐데?"

"에~ 괜찮잖아♪ 어차피 마력을 회복하는데 필요하니까."

"지금은 할 필요가 없잖아? 우리가 그렇게 하는 건 어디까지나 마력을 주입해서 유우토를 회복시킬 필요가 있을 때. 그 이외에는 자중해."

미야비는 살짝 발끈한 것처럼 맞받아쳤다.

"리제르 선배도 왜 유우토의 집에 있는 거야? 뭐하러 왔어?"

"그, 그건……."

리제르 선배가 아픈 곳을 찔린 것처럼 뒷걸음질 쳤다.

"유우토를 학원까지 데려다주니까…… 그러는 김에 깨워주려고…… 했을 뿐이야."

볼을 살짝 물들이면서 화난 것처럼 대답했다.

"꺄아아앗! 히메가미 아가씨가 부끄러워하고 있어! 귀여웡!!"

엄마…… 부탁이니까 분위기 좀 파악해.

"엄마도 아빠도 일단 1층에 내려가. 나도 일어날 거니까──."

갑자기 내 팔에 엄청난 탄력을 가진 물체가 밀려왔다.

"미, 미야비?!"

미야비는 리제르 선배에게 과시하듯이 나에게 달라붙어 팔에 가슴을 비볐다. 시트 한 장만을 사이에 둔 그것은 감촉을 제외하면 그냥 헐벗은 가슴이었다.

"오늘은 내가 데려다줄 테니까, 선배는 먼저 가도 괜찮아~. 좀 더 꽁냥대고 싶으니까!"

"떨어져! 미야비! 유우토는 내 차로 데려다줄 거니까!"

두 사람의 다툼은 과열되었고 어머니의 열기도 한없이 치솟았다.

"아앗! 유우가오제 가와 히메가미 가의 아가씨들 사이에서 양다리라니! 언제 그렇게 능력 있는 아이로 자란 거야?! 대단해, 유우!"

"부탁이니까, 엄마는 좀 조용히 해……."

불타오르는 두 사람에게 땔감을 넣어주는 어머니를 내가 어떻게 말릴 방도는 없었다.

오늘은 미야비도 같이 리제르 선배의 차로 등교했다.

교실에 들어가니, 나에 대한 모두의 반응은 여전했다. 뭔가 거북한 사람을 대하는 느낌, 이라고 표현하면 되려나.

뭐, 지금은 어쩔 수 없다. 조만간 친해질 타이밍도 생기겠지.

그보다 지금은 할 일이 있다.

차기 마왕을 정하는 마왕 대전. 그 준비를 하는 것이다.

오늘부터 방과 후에 특훈을 하게 되었다. 강사는 리제르 선배와 미야비가 차례대로 맡는다고 한다.

특훈이라는 말에 떨면서 방과 후를 맞이했다.

——그리고,

"그럼 한 번 더 해보자."

오늘의 강사는 리제르 선배. 체육관에서 마법 지도를 받게 되었다.

"네!"

벌써 몇 번이나 사용한 마술식을 기동시켜 마력을 보냈다.

손바닥 앞에 전개된 마법진은 지금까지 만든 것 중에서 가장 크고 빛나고 있었다.

"'파이가'!!"

뿜어낸 불꽃은 마법진의 완성도에 비례하여 위력을 더해가고 있었다. 그 불꽃의 소용돌이가 소의 머리를 단 악마에게 명중하여 한 번에 증발시켰다.

진짜 악마가 아니라 연습용 더미이다. 체육관의 바닥에도 탄 자국은 남지 않았다.

그 이유는 체육관의 바닥과 벽, 천장 등에 마술 방어가 걸려있기 때문이다. 체육관에서 학생들이 전투 훈련을 하는 경우도 많다. 그래서 대비가 되어 있는 것이다.

"그건 그렇고 놀랍네…… 초보적인 '파이가'로 그만한 위력을 낼 수 있다니."

난 놀란 표정을 짓고 있는 리제르 선배를 보고 고개를 갸웃했다.

"그런가요……?"

"똑같은 화염 마법이라도 상위 마법인 '파이자드'와 동급이거나, 그 이상이야."

'파이자드'라고 하면, 키르가가 사용한 마법이다.

"그 말은…… 수행을 계속하면 마법의 위력이 점점 올라간다는 뜻인가요?"

"그래. 하지만 한계가 있어. 보통은 상위 마법의 위력을 넘는 경우는 없어. 유우토는 규격을 벗어났다는 뜻이지."

규격을 벗어났다…… 그런 말을 들으니 조금 부끄러웠다. 인간이기도 하고, 어떤 이변이 일어나고 있을 뿐인지도 모르니까.

"분명 리제르 선배가 잘 가르쳐줘서 그런 거예요."

"그, 그렇지 않아. 유우토의 재능이야."

입으로는 그렇게 말했지만, 리제르 선배는 딱 봐도 기분이 좋아 보였다. 빙긋 웃고는 나를 향해 양손을 펼쳤다.

"자, 어서 와. 특훈은 계속되니까 마력을 회복해야지."

방금 막 회복을 받았다는 느낌도 드는데…… 뭐, 모처럼 저렇

게 말해주니 지금은 순순히 따르자. 그러는 편이 선배의 기분노
좋을 것이다.

"그럼, 실례하겠습니다……."

선배는 다가오는 나를 망설임 없이 안아 '힐링 · 러버즈'를 시
작했다.

리제르 선배한테서는 꽃이나 과일 같은 달콤한 향기가 났다.
그리고 밀착된 몸은 정말 부드럽고 연했다. 세상에 이렇게 기분
좋은 감촉이 있다는 사실에 놀랐다.

그리고 등에 감긴 팔을 통해, 어깨에 파묻힌 얼굴을 통해, 눌
려서 형태가 일그러진 가슴을 통해, 탄탄한 배를 통해, 내 몸에
밀착된 부분 모든 곳을 통해 선배의 마력이 흘러들어왔다.

그중에서도 유입량이 가장 많은 곳은 가슴이다.

입으로 빨고 있는 건 아니지만, 왠지 선배의 모유를 마시고 있
는 듯한, 굉장히 묘한 그림이 머리를 스쳐 지나갔다.

선배는 날 끌어안은 채로 귓가에 속삭였다.

"마술식은 아르카나가 가르쳐줄지도 몰라. 하지만 그걸 반복
해서 훈련을 하는 게 중요해. 마술을 쓴다는 것은 곧 몸속에 마
술 기관을 만들어 내는 거야. 거기에 마력을 흘려보내야 처음으
로 기능하지. 이후에 반복해서 사용하는 것으로 그 기관이 몸에
정착하고, 마법의 기동도 빨라지고 위력도 강해지는 거야."

"그렇군요…… 마법도 반복 연습이 중요하네요."

"맞아. 하지만 보통은 마력을 소비하니까, 하루에 몇 번이고
마법을 쓸 수는 없어. 그래서 숙달되는 데는 시간이 걸려. 유우

토 외에는."

"아……."

그런가. 난 선배와 모두를 통해 마력을 회복시킬 수 있다.

"난 다른 사람보다 하루에 소화할 수 있는 연습량이 많아. 즉, 성장이 빠르다……."

리제르 선배는 몸을 떨어뜨렸다.

"그런 거지. 그럼, 다시 연습을 시작하자. 다음은 드디어 중급 마법이네."

중급 마법── 다시 말해서 '파이가'에 익숙해졌으니, 다음은 '파이자드'를 익히는 것이다.

"난이도가 올라갔으니까, 처음엔 성공하지 못할 거야. 그래도 한 번 해봐."

"네."

난 아르카나를 잡고 빌었다.

──'파이자드' 마법을 가르쳐줘.

잠깐의 시간이 지나고 아르카나의 목소리가 울렸다.

"파이자드' 마법을 배웠습니다.'

"……좋아."

난 10미터 정도 떨어진 곳에 나타난 더미 악마를 향해 손끝을 뻗었다.

확실히 '파이가'보다 복잡하고 수준이 높았다. 하지만 다루지 못할 정도는 아니었다. 그리고 몸속에는 리제르 선배의 마력이 흘러넘치고 있다.

"'파이자드'!!"

빛으로 충만한 마법진에서 작열하는 불꽃이 발사되었다.

그것은 '파이가'와는 명백히 격이 다른 거대한 불길의 격류였다. 눈을 뜰 수 없을 정도로 눈부신 불꽃은 마치 광선처럼 더미 악마를 집어삼켰다.

더미는 불타지도 그슬리지도 않고 소멸했다.

불꽃이 사라지자 방어결계가 쳐져 있는 바닥까지 살짝 불타 있었다.

"이런 느낌으로, 어떤가요? 선배."

뒤돌아보니 리제르 선배는 무표정하게 연기를 뿜는 바닥을 바라보고 있었다.

어라…… 뭔가 잘못한 부분이 있었나?

선배의 침묵이 나의 불안감에 부채질했다.

이윽고 리제르 선배가 혼잣말하듯이 중얼거렸다.

"설마 처음부터 성공하다니…… 그리고 뭐야? 이 위력은……."

"저, 저기 선배? 혹시 위력이 약했나요? 잘못된 부분은 고칠게요! 뭐든 말해주세요!"

선배는 퍼뜩 정신이 든 것처럼 나를 보고,

"아냐. 위력은 더할 나위 없, 다기 보다는…… 이런 '파이자드'는 처음 봤어."

"네? 그럼 합격인가요?"

리제르 선배는 부드러운 표정으로 미소 지었다.

"만점이야."

다행이다── 어라?

다리가 휘청거렸다. 안심했더니 몸에서 힘이 빠졌다. 마력을 과하게 쓴 탓이다.

리제르 선배가 쓰러질 뻔한 나를 안아서 받쳐주었다.

"······죄송해요. 한 발 쏘고, 이래서는······ 완전히 글러 먹었네요."

"그렇지 않아. 유우토는 보통 악마와 비교하면 성장 속도가 유난히 빠르니까."

"어····· 그런가요?"

"그래. 보통은 한 번에 성공하는 건 무리야. 마술식을 구성하기만 해도 성공적인 편인걸? 더구나 이런 위력을 내는 건 보통은 있을 수 없는 일이지."

그렇게 말해주니 구원받은 느낌이 들었다. 하지만──,

"하지만 선배, 처음 봤을 때는 몰랐지만······ 이전에 아스피테가 나타났을 때 깨달았어요. 다른 마왕 후보가 얼마나 강대한지."

"유우토······."

"선배가 전에 한 말은 겁을 주려 한 말도 아니었고 과장도 아니었어요. 마왕 대전은 마계에서 선택받은 22명······ 비범한 괴물들과 벌이는 전쟁이라는 걸 실감했어요. 그러니 전──."

말하던 도중에 내 입이 선배의 가슴으로 막혔다.

"······읍?! 으브?!"

리제르 선배는 내 머리를 풍만한 가슴으로 안아서 파묻었다. 얼굴 전체로 느껴지는 선배의 부드러움. 선배의 가슴의 향기로 가슴이 가득 차 달콤한 황홀함에 정신을 잃을 것만 같았다.

그리고 머리에 느껴지는 부드러운 감촉. 껴안은 내 머리를 정수리부터 뒤통수에 걸쳐서 부드럽게 쓰다듬어줬다.

"괜찮아.【러버즈】아르카나의 진정한 힘은 이런 게 아니니까."

"……?"

"무한한 힘을 얻을 수 있게 될 거야. 조만간."

어…… 무한한 힘, 이라고?

"하지만 마왕 대전이 본격적으로 시작되면 다른 마왕 후보도 가차 없이 습격해올 거야. 그러니 그 전에 실력을 키워둘 필요가 있는 건 확실해. 그러니까 유우토에게 좀 더 무리를 시키게 될 거야. 너의 재능에 기대게 되고 말 거야…… 미안해."

사과할 필요는 조금도 없어요. 오히려 제가 부탁하고 싶어요. 좀 더 엄하게 특훈시켜달라고. 하루라도 빨리 다른 마왕 후보를 따라잡을 수 있도록.

──라고 선배에게 말하고 싶지만, 이 세상의 것이라는 생각이 들지 않는 부드러운 물체가 형태를 바꿔 내 얼굴에 달라붙어 있었다. 입도 코도 막혀서 숨을 쉴 수가 없었다.

마력 회복을 받고 있는데, 어째서인지…… 정신이 아득해…… 지기…… 시작했다.

"유우토? 앗…… 유, 유우토?!"

만화 같은 곳에서 자주 나오는, 가슴으로 질식할 것 같다──는 현상이 사실은 실존한다는 것을 난 이때 처음 알았다.

◇ ◇ ◇

다음 날의 강사는 미야비였다.

장소는 체육관이 아니라 트레이닝 룸. 웨이트 트레이닝 기구나 바벨, 러닝머신 등이 갖춰져 있어서 마치 피트니스 클럽 같았다.

근력 트레이닝 메뉴를 얼추 소화해 나갔다.

"으어~ 힘들어……."

온몸의 근육을 남김없이 혹사한 나는 스트레칭용 매트 위에 앉았다.

"네~, 그럼 5분 휴식~. 편하게 쉬어도 좋아~."

미야비가 웃으면서 스포츠 드링크를 건넸다.

"아아…… 고마워."

받고는 자연스럽게 미야비에게서 시선을 돌렸다.

"딱히 괜찮은데~? 빤히 쳐다봐도♡"

"그래도 말이야……."

나는 당연히 운동복을 입고 있었지만…… 미야비는 어째서인지 신축성이 좋은 스패츠를 입고 있었다. 윗옷도 역시 똑같은 소재의 스포츠 브라. 광택이 도는 핑크색이 요염함을 돋보이게 하고 있었다.

일단 옷은 입고 있었지만, 바디라인은 전혀 숨기지 못했다.

분명히 말해서 야했다.

아까부터 웨이트 트레이닝을 도와주는 건 고마웠지만, 가슴의 계곡이 보이고 살짝 움직일 때마다 가슴이 흔들려서 집중할 수 없었다.

"그렇게 부끄러우면, 뒤돌아 있을까?"

미야비는 놀리듯이 웃으면서 뒤로 휙 돌았── 지만, 뒷모습은 뒷모습대로 위험했다. 희미하게 골이 드러나는 커다란 엉덩이에 시선이 끌렸다.

"왜 평범한 운동복이 아닌 거야."

"그건 있지~……."

미야비는 나를 위에서 덮치듯이 안겼다.

"우와?!"

"이렇게 입고 있는 게 회복이 팍팍 되니까! 효율 좋지?"

매트 위에 쓰러져 있는데 리제르 선배 이상의 볼륨과 탄력을 가진 가슴이 내 가슴을 압박했다.

가슴뿐만이 아니다. 이 녀석의 몸은 왜 이렇게 부드러운 거야!

"자~ 간다~. 꾸욱~."

미야비는 내 목에 손을 두르고 강하게 껴안았다. 그러자 녹초가 된 몸에 다시 힘이 넘치기 시작했다.

"어때? 기운이 났어?"

"어, 어어…… 뭐 그렇지."

나의 애매한 대답이 마음에 들지 않았는지, 미야비는 인상을 쓰고 뭔가 궁리하고 있었다.

"저기 유우토, 내 엉덩이 주물러봐."

"어?!"

"그 왜, 그러는 편이 더 빨리 기운을 차릴 수 있을지도 모르잖아."

할 수 있겠냐! 라고 생각을 했지만, 이것도 성의 없이 대답을 한 벌인가. 미야비도 착실한 녀석이니 말이야. 더 빨리 회복하는 방법을 검토하고 있는 걸지도 모른다.

"알았어. 그럼…… 간다?"

손을 미야비의 등으로 돌려서, 아래쪽으로.

손바닥에 폭신폭신한 쿠션 같고 엄청난 볼륨감이 있는 물체가 닿았다.

여긴가!

나는 과감하게 손가락을 쫙 펴서 미야비의 엉덩이를 붙잡았다.

"힉?! 응냐아아아아아아아아아아아아아아아아♡"

아니! 이상한 소리 내지 말라고! 나까지 기분이 이상해지잖아!!

"자, 잠깐만…… 유우토, 응아아아앙!!"

"이왕 하는 거 제대로 할 거야. 더 효율적인 '힐링ㆍ러버즈'를 연구하는 거다."

"무슨, 그, 그렇게까지는 딱히…… 후♡ 으, 으으응응응응!"

나는 미야비의 반응을 보면서 손끝에 힘을 넣었다. 그건 그렇고, 왜 이렇게 감촉이 좋은 걸까. 저반발성 베개 따위와는 비교가 안 됐다. 손가락이 파고드는 것과 동시에 밀어내는 힘이 뭐라 표현할 수 없을 정도로 좋았다.

 그리고 무엇보다도 스스로의 손으로 확인해보고 처음으로 실감하는 미야비의 엉덩이의 볼륨감. 그야말로 경이로웠다.

 "흐냐아…… 앗, 웃, 유, 유우토오……♡"

 물론 그러는 동안에도 미야비의 엉덩이를 주무르고 있는 손바닥을 통해 따뜻한 것이 내 몸속으로 느리지만 확실하게 전해져 왔다. 그것은 밀착하고 있는 몸 어느 곳보다도 뜨거웠다.

 "더, 더는……."

 미야비의 허리가 파르르 떨렸다.

 "안돼애애애애애애애애애애애애애애애애앳!!"

 갑자기 큰 소리를 지르더니 미야비는 내 위에서 굴러떨어져 데굴데굴 굴러서 나에게서 떨어진 뒤에 벌떡 일어섰다.

 "유, 유, 유우토는 변태야!!"

 "뭐어?!"

 "그, 그, 그, 그렇게 쪼물딱거릴 필요는 없잖아! 정말, 기……기, 기분이 이상해질 뻔했잖아!"

 "아니…… 하지만 좀 더 효율적인 마력을 회복할 방법을 찾고 있었잖아? 만지라고 한 건 미야비잖아."

 "한도가 있다고! 그렇게…… 다, 다른 사람이 만져주면, 그렇게…… 조, 좋을 줄은 몰랐으니까!"

 좀 더 조절해서 하는 편이 좋았으려나……?

 나는 무심코 자신의 양손을 바라보면서 감촉을 떠올리듯이 손가락을 움직였다.

그걸 바라보는 미야비의 얼굴이 새빨갛게 물들었다.

"떠, 떠올리지 마아아아아아아앗!! 그보다 10회에 한 세트로 해서 3세트!! 빠, 빨리하라고!"

미야비는 땀을 흩날리면서 트레이닝 기구를 가리켰다.

역시 미야비는 스파르타식이었다.

운동들을 소화하고 늘어져 있으니,

"……이번에는, 유우토는 서 있기만 해도 괜찮아. 내가 만지는 건 괜찮지만, 유우토는 안 된다?"

미야비는 살짝 수줍은 듯이 말하고 다시 야한 몸을 밀어붙여 왔다.

스포츠 브라와 스패츠에 감싸인 몸을 주저 없이 밀착시켜 소모된 나의 마력과 체력을 회복시켰다.

내가 만지지 않더라도 둘밖에 없는 트레이닝 룸에서 안겨있으니 진지하게 수행하고 있는데도 이상한 기분이 들었다. 뭔가 다른 이야기라도 해서 의식을 돌리지 않으면 이런저런 의미로 큰일이 날 것 같았다.

"저기…… 미야비? 딱히 불만이 있는 건 아닌데…… 착실한 근력 트레이닝은 역시 마왕 대전에서도 도움이 될까?"

"음~, 직접적으로는 관계없는데."

"없는 거냐?!"

"에헤헤, 그치만 나랑 찰싹 붙어있을 수 있어서 좋지?"

"아니…… 좀 더 진지하게──."

불평을 하려는 나를 제지하며,

"내가 가르치는 건 체술이랑 격투니까. 근력 트레이닝도 무의미하지 않아. 그도 그렇게 유우토는 지금까지 운동은 별로 안 했잖아?"

으…… 그건 확실히 그렇다. 몸을 움직일 기회는 체육 수업이나 구기 대회와 마라톤 대회 등의 학교 행사 정도밖에 없었다.

"물론 전투를 할 때는 마법으로 몸을 강화하지만…… 몸이 움직이지 않으면 손 쓸 방법이 없다고 해야 할까…… 그렇네~ 이해하기 쉽게 말하자면, 그 왜, 아무리 파워업을 해도 아파서 자리에 누워버리면 공격을 못 하잖아."

"……더할 나위 없이 알기 쉽네."

"역시 축이 되는 건 각각의 육체니까, 파박 하고 펀치를 하지 못하면 효과도 발동할 수 없지. 그러니까 어느 정도 움직일 수 있는 몸을 만들어둬야지. 뭐, 마법 한 방으로 승부하겠다면 상관없지만."

"아냐, 잘 알겠어. 그러면 3세트 더……."

"아, 기다려. 다음은 실천적인 훈련을 할 거니까. 거기서 가만히 보고 있어."

미야비는 몸을 떨어뜨리고 복싱용 샌드백이 매달려있는 구석을 노려봤다.

──이건,

미야비의 몸에 마력이 흘러넘치는 걸 느꼈다. 다음 순간, 미야비의 발아래에서 마법진이 빛났다.

하지만 그뿐만이 아니었다. 마력이 몸을 순환하고 있다……

그것도 두 종류인가?

그렇다는 것은 세 개의 마법을 동시에 기동하고 있다는 뜻이다.

"하앗!!"

기합과 함께 미야비의 모습이 사라졌다. 앗? 하고 생각했을 때는 이미 샌드백 앞에 있었다. 잡아당긴 주먹을 단숨에 내질러 아름다운 폼으로 펀치를 하고 있었다.

무게가 50킬로를 넘는 샌드백이 천장까지 튀어 올랐다.

"대단하다……."

미야비가 돌아오는 샌드백을 가볍게 피하면서 미소를 보였다. 더블 피스 옵션도 붙여서.

"뭐~ 이런 느낌이지. 파밧 하고 가서 끼긱 했다가 쿠궁 하는 거야. 알았어?"

"그래. 전혀 모르겠어."

"에~?! 지금 제대로 가르쳐줬잖아!"

"도대체 어딜 봐서…… 의성어를 듣고 이해하는 건, 나한테는 난이도가 높다고."

"아니~ 이런 건 뭐라고 하지? 필링? 그 왜, 생각하지 마라, 느껴라, 뭐 이런 느낌인데."

실력은 제쳐두더라도, 미야비는 강사로서는 문제가 있었다. 특히 심각한 어휘력 부족 문제가.

……아무튼 시범은 봤으니 자력으로 추측해볼까. 장인의 세계에는 '기술은 배우는 것이 아니라 훔치는 것'이라는 말도 있으니까.

난 미야비 곁으로 가면서 생각했다.

발아래에 펼쳐진 마법진. 그리고 몸속을 흐르는 마력…… 아니, 안쪽과 표면의 두 종류.

──그런가!

"사용한 마술식은 세 개. 처음에 사용한 것은 발아래에 전개해서 마법진으로 나타났어. 그것은 맨 처음의 가속. 그리고 몸속을 흐르던 마력은 아마도 파워업. 하지만 표면에 흐르던 또 하나의 마술식은……."

"방어 마법! 뭐~야, 잘 이해하고 있잖아! 역시 유우토!!"

"대단한 건 미야비잖아? 병렬 처리 같은 걸 잘도 하는구나……."

칭찬하니 미야비는 의기양양한 얼굴로 가슴을 폈다. 가슴이 더 커진 것처럼 보였다.

"흐흥~♪ 이 정도 쯤이야~ 하지만 이제 유우토도 해봐야지."

"에엑~……."

솔직히 자신이 없었다. 그렇게 복잡한 걸 내가 할 수 있을까?

"하나씩 하는 건 그렇게 어렵지 않아. 하지만 동시에 하게 되면 어렵지. 그리고 상황에 맞춰서 마력을 꾸욱~ 하고 나누거나 술식의 수치를 꾸국 하고 조정하기도 하는데…… 이건 몸이 기억하게 만드는 수밖에 없지만."

그런가…… 역시 체술을 익히는 데도 특훈은 필요한가.

"미야비, 사용한 마법의 이름을 가르쳐줄래?"

"그러니까, 맨 처음의 가속은 '스트라이드'. 파워업 마법으로도 대신 쓸 수 있지만, 따로 쓰는 편이 효율이 좋으니까. 그래서 파워업은 '맥시마이즈'. 방어는 '알마드'."

응? 내가 알고 있는 방어 마법과는 다르네.

"저기, 방어 마법은 '바리카데' 아냐?"

"그건 방패처럼 쓸 때 쓰는 마법. '알마드'는 몸에 두르는 마법. 간단하게 말하자면 마법의 갑옷이지. 공격력을 아무리 올리더라도 내구력을 올리지 않으면 몸이 부서져 버려."

"그건…… 참 무섭네."

미야비는 검지를 내 가슴에 갖다 댔다.

"그럼 후딱【러버즈】아르카나에게 물어봐."

"알았어."

미야비의 말을 따라 아르카나에게 물어보니 바로 대답이 돌아왔다.

"……좋아. 술식은 전부 이해했어. 일단은……."

미야비는 불만스러운 표정으로 팔짱을 꼈다.

"정말이지…… 왜 그렇게 이해가 빠른 거야? 귀여운 구석이 없네~."

어? 혼나는 건가?

"아니…… 그래도 실제로 할 수 있는가 없는가는 별개의 문제야. 난 솔직히 전혀 자신이 없으니까 말이야."

"그렇지~. 느닷없이 해버리면 내가 설 자리가 없는걸. 마스터하는데 수행을 몇 년이나 했으니까."

"그랬구나…… 사실 성실하고 노력가였구나. 미야비는."

"아……."

미야비의 볼이 확 빨개졌다.

"아, 내 얘기는 딱히 됐거든! 정말! 그럼 다음은 실전 형식으로 간다! 흠씬 두들겨 패줄 거다!"

"뭐?! 진짜로?!"

너무 스파르타식이잖아. 라며 불평을 했지만 미야비는 들으려 하지 않았다. 부끄러워하는지 화내고 있는지 모를 표정으로 세 개의 마법을 발동했다.

"연습시합이니까! 제대로 안 덤비면 꿍~ 하고 후회한다!"

미야비는 의욕에 가득 차서 섀도복싱을 하고 있었다. 그 주먹은 너무 빨라서 전혀 보이지 않았다.

"제대로 안 하면 내가 샌드백이 돼버리겠구나……."

우선은 '스트라이드' 술식에 마력을 보냈다. 몸속에 금방 만든 마술 기관이 활성화되었고, 그로 인해 마법진이 발생했다.

마법진은 마술식이 눈에 보이는 형태로 표현된 것이라고 바꿔 말할 수 있다. 다시 말해서, 마술식과 마법진은 거의 같다고 할 수 있다.

"오, 역시 유우토! 벌써 '스트라이드'를 실행시켰구나! 하지만 조심해. '알마드'를 발생시키지 않고 쫘광~ 하고 부딪치면 꾸깃꾸깃해지니까!"

"그건 웃어넘길 수 없는 얘기네……."

이미 발동한 '스트라이드'를 유지하면서 '맥시마이즈'를 실행했다.

실감은 별로 안 났지만…… 몸속의 마술 기관이 움직이기 시작한 것을 느꼈다.

응? 이건……?

몸속의 마력의 흐름을 따라가 봤다. 그것들은 세세한 부분을 경유하여 하나의 연결체가 되어 있는 듯했다. 하지만 그 도중에 '스트라이드'의 마술 기관을 유용하고 있었다.

——그렇구나. 지금까지는 하나의 식이 하나의 덩어리인줄 알았지만, 그게 아니었다. 마술 기관은 하나하나가 세세한 부품의 집합체인 것이다.

마술식의 문자와 도형 하나하나에 대응하는 부품을 조합하는 것으로 마술의 효과를 발동시킨다.

비유하자면, 마술식은 곧 설계도.

그리고 마술 기관은 부품이다.

부품을 조합하는 것으로 하나의 마법이 된다. 그 설계도가 복잡하면 복잡할수록, 마술 기관의 부품이 많으면 많을수록 완성되는 마법은 거대하고 강대해진다.

——요령을 잡았다.

'맥시마이즈'의 마술식도 완성하자 마법진이 몸 안쪽을 흘렀다.

"좋아, 간다! 미야비!"

바닥을 차자, 순식간에 미야비 앞까지 육박했다.

"엑?!"

당황한 미야비를 향해 손바닥을 내밀었다. 아무래도 여자애한테 펀치를 날리는 건 마음이 편치 않았다. 손바닥으로 몸을 만지면 이기는 걸로 하자.

"말도 안 돼! 벌써 됐어?!"

미야비는 놀란 얼굴로 내 손을 뿌리쳤다.

만약 '알마드'가 제 기능을 하지 않았다면, 그 일격으로 팔의 뼈가 산산조각이 났을 것이다.

좋아! 일단은 세 개의 마법을 동시에 운용하고 있어!

하지만 아직 미야비 수준까지는 도달하지 못했다. 내 공격은 완전히 막혀서 이쪽의 손발이 아파지기 시작했다.

하지만——,

"정말! 나한테도 체면이라는 게 있다고!"

미야비가 공세로 전환한 순간, 빈틈이 생겼다.

"거기다아아아아아!!"

유일하게 열린 문, 그곳으로 망설임 없이 손바닥을 뻗었다.

그러자 모든 충격을 흡수하는 듯한 탄력, 그리고 손바닥을 감싸는 듯한 부드러움을 느꼈다.

"뭣?!"

적의 공격을 완화시키는 완충마법—— 이 아니라, 가슴이었다.

——큰일이다아아아아아아!! 가드가 열린 곳 너머에 무엇이 있는지 생각할 여유까지는 없었다!!

미야비의 펀치가 도중에 멈춰있었다. 나에게 쥐어져 있는 자신의 가슴을 내려다보는 얼굴이 화악 빨개져갔다.

"꺄아아아아아아아아아아아아아아아아아아아아아아아아아아아아아아앗!!"

나에게서 떨어져 가슴을 지키듯이 자신의 몸을 안았다.

"그, 그러니까, 유우토는 만지지 말라고! 그렇게나 말했는데!!"

"미, 미안! 미안해! 일부러 그런 게 아니야."

하지만…… 잘 생각해보니 이상하네?

"아~…… 그런데, 미야비? 내가 이런 말을 하는 것도 좀 이상하지만, 평소에는 그렇게나 스스로 들이대 놓고는 왜 그렇게 부끄러워하는 거야?"

"내, 내가 하는 건 괜찮아! 마음의 준비도 하고 있으니까! 다, 당하는 건, 부, 부끄러워, 예, 예측을 할 수 없으니까, 너…… 너무, 민감, 하다고…… 해야 할까……."

마지막 부분은 잘 안 들렸지만, 아무튼 정말로 부끄러운 듯하다. 혹시 평소에는 꽤나 무리하고 있는 건가?

그런 생각을 하면서 미야비의 빨개진 얼굴을 바라보고 있으니, 그 표정이 분노를 담은 표정으로 변했다.

"정말~ 오늘은 엄격하게 할 거야!"

나에게 성큼성큼 다가와서는 손목을 잡았다.

"우왓?!"

내 몸이 공중에 떴다.

던져졌어?!

역시 미야비의 기술은 대단하다. 아직 배울 게 한참 많이 남았다. 하지만 잘 따라가면 나는 반드시 강해질 것이다.

──던져져 날아가던 내 발이 우연히 미야비의 발을 걸었다.

"?! 햐앗!!"

"으어엇?!"

바닥에 쓰러진 내 위에 올라타듯이 미야비도 쓰러졌다.

게다가 머리의 위치가 반대였다. 미야비가 내 고간에 얼굴을 박았다. 그리고 내 얼굴에도 스패츠를 입은 허벅지가 밀려와서——,

"으으응?!"

"꺄아앙♡ 거, 거긴 문질문질 하지 마!"

"미, 미안!"

"아앙! 참! 얌전히 잡혀서 날아가라고!!"

"우, 우연이야! 난 미야비의 잡기를 막을 수 없어."

"말은 그렇게 하면서 내가 별것 아니라고 생각하고 있지!"

"으극?!"

내 얼굴에 힘차게 엉덩이를 떨어뜨리다니!

아까 전에 이 손으로 확인한 거대한 엉덩이가 내 얼굴을 가차 없이 짓눌렀다. 이제 '알마드'가 발동되고 있지 않아서 솔직히 타격이 꽤나 컸다. 숨이 막힐 것 같은 상황에도 나는 필사적으로 변명했다.

"아니야! 난 미야비를 존경하고 있어. 내가 할 수 없는 일을 할 수 있어. 그리고 가르치는 것도 잘해. 미야비 덕분에 난 강해질 수 있어!"

"하웃♡! 기, 기쁘지마안, 거기서 말하지 마아!"

미야비가 허리를 들어 올리니 숨쉬기 편해졌다. 그 대신 초근

접한 고간이 내 눈앞 몇 센티 앞 부분에서 멈춰있었지만.

"그, 그치만…… 유우토. 나를 날라리라고 생각하고 있지?"

"그런 생각 안 해. 미야비는 겉모습은 화려하지만 속은 안 그래. 아까 한 대화에서도 그걸 알 수 있어. 미야비는 정말 착실하고 사실은 행실이 단정한 여자 아이야. 겉모습만 보고 판단해서 미야비를 날라리라고 부르는 녀석은 사람을 보는 눈이 너무 없는 거지."

"유우토……."

"나한테 날라리처럼 행동하면서 접근한 것도, 날 시험하고 있었던 거지? 입장을 이용해서 욕망을 채우는 인간이 아닌지."

"……."

"금방 신뢰를 얻을 수 있을 거라는 생각은 안 해. 하지만 이제 자신의 몸을 이용하는 짓은 그만해주지 않을래? 미야비는 나의 소중한 카드야. 불쾌한 일은 안 겪었으면 좋겠어."

"딱히…… 나는……."

"그러니까 비켜주지 않을래? 특훈을 계속 부탁할게."

미야비의 대답은 좀처럼 들을 수 없었다.

이윽고, 상당한 시간을 두고 나서 불쑥 중얼거리는 목소리가 들렸다.

"……싫어."

어?

다시 내 고간에 미야비가 얼굴을 묻는 감각.

그리고 내 얼굴에 미야비의 고간이 아까 전보다는 살살 밀려왔다.

"미, 미야비? 그러니까 이제는 이런 짓을 안 해도——."

"시, 시끄러! 유우토는 조용히 나한테 당하고 있으면 되니까! 그래, 이건, 벌이야! 벌이니깐! 그리고…… 벌을 주는 김에 '힐링 · 러버즈'로 치유할 거야!"

"벌인지, 치유인지, 어느 쪽—— 끄읔?!"

다시 강하게 얼굴에 올라탔다.

고문이냐!!

15분 뒤에 겨우 해방되었고, 그 뒤로는 2시간 동안 충분히 대련과 치유를 번갈아 하며 진행했다.

그때의 미야비는 묘하게 기뻐 보였고, 왠지 모르게 지금까지 보던 미소와는 살짝 다른 느낌이 들었다.

……그렇지만, 솔직히 정말 피곤했다.

◇ ◇ ◇

미야비와의 특훈을 끝내고, 나는 트레이닝 룸에서 샤워를 하면서 불안감에 시달리고 있었다.

난 정말로 강해질 수 있을까?

이 특훈을 계속해서, 과연 아스피테에게 이길 수 있는 날이 올까?

그런 느낌이 전혀 안 들었다.

확실히 진보는 하고 있다고 생각한다. 하지만 그렇기에 알 수 있다. 나와 아스피테의 차이를.

한 달이나 두 달 특훈을 한다고 해서 어떻게 될 일이 아니다.

대체 리제르 선배와 모두는 어떻게 생각하고 있을까……?

어쩌면, 사실은 이미 포기한 게 아닐까.

그런 생각에 휩싸여 있을 때, 밖에서 이야기를 하는 소리가 들렸다.

미야비? 대체 누구랑 얘기하고 있는 거지?

샤워기의 온수를 틀어놓고 문에 귀를 살짝 댔다.

"그래서 유우토는 어때?"

……이 목소리는, 리제르 선배?

"상상 이상이야. 역시 마왕 후보야."

"그럼 눈치 빠른 적은 슬슬 쳐들어올지도 모르겠네……."

"맞아요 맞아요! 레이나도 어젯밤에 경호하면서 이상한 기척을 느꼈어요!"

레이나도 있나…… 아니, 밤에 경호라니, 무슨 소리지?

"저기~ 선배. 오늘부터는 유우토의 경호 인원수를 늘리는 편이 좋지 않아?"

"그렇네…… 일단 우리집의 부하 악마를 준비할게."

"난 이틀 연속 정도는 할 수 있는데?"

"레, 레이나도, 레이나도 할 수 있어요!"

설마…… 내가 자는 동안 다들 불침번을 서면서 날 지켜주고 있던 건가? 그럼, 미야비가 내 침대에 있었던 것도 나를 지키기 위해서……?

쇼크였다.

아무것도 모르고 자는 동안에 모두가 그런 일을……

난 얼마나 모두의 도움을 받고, 보호를 받고 있는 걸까.

"그것도 검토해보겠지만, 여차할 때 우리가 힘을 발휘하지 못하면 의미가 없어."

"그치만, 유우토가 당해버리면…… 우리는 끝인걸."

──어?

"다음 마왕 대전에서 또 【러버즈】가 지면…… 우리도 귀족의 자격을 잃어버리게 되죠……?"

뭐…… 뭐라고?

"그래. 특정 아르카나에 귀속되어 있는 가문의 숙명이지. 안정된 신분이 보장되지만, 일정 이상의 패배가 이어지면 귀족의 자격을 잃어버려. 그런 규칙이야."

"아~아. 그렇게 되면 난 어떤 변태 귀족 아저씨한테 팔려가게 되는 건가."

"그건 나도 마찬가지야. 어떤 귀족이 날 사겠지── 레이나, 울지 마. 아직 그렇게 될 거라고 정해진 게 아니야."

뭐야 그게…… 그런 말은, 한 마디도──,

"하지만 이건 유우토에게 말하면 안 돼. 괜히 신경을 쓰게 될 거니까."

"그렇네. 지금은 강해지는 데 집중하게 해야지."

"맞아요, 맞아요."

난── 도대체 얼마나 바보인 거냐.

모두가 밤새워가며 지켜주는 것도 모르고 태평하게 자고 있었다.

모두가 그런 궁지에 몰려있는 것도 모르고 아스피테와의 차이에 푸념을 하고 있었다.

나는…… 나는, 얼마나 물러터지고 글러 먹은 남자인가!

한 번이라도 '다들 이미 포기한 게 아닐까?'라며 의심한 자신을 두들겨 패주고 싶었다.

당장 문을 열고 사과하고 싶었다.

하지만――,

"그래도 말이야~ 난 왠지 유우토가 마왕이 될 거라는 느낌이 들어."

"어머? 웬일이야? 유우토를 유혹하고 그렇게 의심했으면서."

"그, 그건, 살짝 시험해봤을 뿐이랄까…… 그, 그러는 선배는 어떻고?!"

"나? 난 확신하고 있어."

――리제르 선배.

"차기 마왕은―― 유우토야."

……내가 해야 할 일은 여기서 뛰쳐나가는 것도, 모두에게 사과하는 것도 아니다.

이렇게까지 내게 알려지지 않도록 배려해주는 그 마음에 찬물을 끼얹는 것도 아니다.

――내가 누구보다도 강해지는 것이다.

그리고 차기 마왕이 되는 것이다.

모두를 구하기 위해.

나는 살짝 샤워실로 돌아가 물을 잠갔다.

일부러 소리를 내며 옷을 갈아입어서 이제 나간다는 어필을 했다.

나는 문을 열고 밖으로 나와서 방금 알아차린 것처럼 놀란 표정을 지었다.

"어라? 리제르 선배……."

"유우토, 수고했어. 잠깐 상태를 보러 왔어."

"유우토 씨, 유우토 씨. 피곤하진 않으신가요? 어디 다치진 않으셨나요? 마사지라도──."

여전히 너무 걱정을 한다고 해야 할까, 과보호를 한다고 해야 할까.

"하하, 괜찮아. 고마워. 레이나도 와줬구나."

"맞아요, 맞아요. 유우토 씨에게 가르쳐주는 건 나중이지만 요……."

"어? 레이나도 내 강사가 되어주는 거야?"

"맞아요, 맞아요! 레이나는 검을 가르쳐요."

"흐음…… 그거 기대되네."

그렇게 말하며 미소를 지으니, 레이나는 얼굴을 새빨갛게 물들이며 고개를 숙여버렸다.

"기, 기, 기대되다뇨! 부, 부끄러워요……."

갑자기 미야비의 팔이 목에 감기고 헤드락을 걸렸다.

"이 녀석 유우토! 레이나의 로리 바디에 치유 받는 걸 기대하고 있구나~?"

헤…… 아앗?!

"아, 아냐, 레이나! 그런 뜻이 아니라! 미야비도 이거 놔!"

커다란 가슴이 얼굴에 닿는다!

그 후, 리제르 선배와 미야비가 언쟁을 하고 레이나가 언제나처럼 당황하고 있었다.

이것이 현재 나의 일상이다.

난 미야비에게 목을 졸리면서 결의를 새로 다지고 있었다.

모두가 날 지켜주는 것처럼, 나도 모두를 지킬 수 있는 사람이 되자.

그리고, 마왕 대전에서── 승리하는 것이다.

◇ ◇ ◇

다음 날, 나는 또 다시 리제르 선배의 차로 등교하여 교실에 들어갔다.

"……아."

지금까지 빈자리인 줄 알았던 자리에 붕대를 감은 남학생이 앉아있었다.

상대는 나를 보고는 화가 치민다는 얼굴로 눈을 돌렸다.

난 그 남학생에게 다가가 말을 걸었다.

"게르트. 이제 괜찮아?"

"……짜증나네."

뭐, 그렇겠지.

분명 내가 말을 거는 것도 짜증이 나겠지. 가만히 두는 편이 좋을 것이다.

그렇게 생각하여 내 자리로 돌아가려고 하니,

"왜…… 날 도우려고 한 거야."

게르트는 다른 곳을 보는 채로 혼잣말하듯이 중얼거렸다.

나도 게르트에게 등을 돌리고 누구에게랄 것도 없이 말했다.

"──딱히. 너도 주인의 힘이 되고자 했을 거고, 인정받고 싶었잖아? 그런데 그 녀석들은 그 마음을 짓밟았어. 패배한 동료를 도와주기는커녕 오히려 린치를 가했지. 그걸 용서할 수 없었어. 단지 그뿐이야."

내뱉는 듯한 게르트의 대답이 들렸다.

"칫, 입에 발린 소리나 지껄이고."

뒤돌아보니 나를 노려보는 게르트의 눈이 있었다.

"입에 발린 소리를 한 김에 하는 말인데, 싸움이 끝나면 시합 종료로 치는 건 어때? 같은 반이니까 친구가 돼도 괜찮지 않을까?"

"뭐냐 그건?!"

"아니…… 그 왜, 흔히 있잖아. 주먹으로 대화하고, 서로를 이해해서 친구가 된다는 전개."

"어느 시대의 소년 만화냐! 친한 척할 거면 다른 놈들을 찾아보라고!"

역시 그렇게 간단히는 안 풀리나.

"얼빠진 인간이…… 참나, 쓸데없는 짓이나 하고."

게르트는 그렇게 중얼거리고 나를 무시하듯이 얼굴을 돌려버렸다.

나는 어깨를 으쓱하고, 이번에야말로 자신의 자리로 향했다.

그 뒤에서,

"뭐가 친구냐…… 웃기지 말라고."

라는 목소리가 들린 것 같았다.

◇ ◇ ◇

그 후에도 게르트는 얌전히 수업을 들었지만, 3교시가 끝나자 가방을 들고 당당하게 나갔다. 땡땡이에 도가 튼 걸 보니, 이상하게 감탄을 해버렸다.

나 같은 경우에는 평범하게 수업을 들고, 방과 후에는 리제르 선배와의 특훈. 고맙게도 차로 집까지 바래다줬다.

"항상 고마워요."

"신경 쓰지 말고 편안히 쉬어. 그리고 위험하니까 밤에는 바깥을 돌아다니지 말 것. 알았지?"

평소 같으면 애도 아닌데…… 라는 생각을 했겠지만, 아마 나를 노리는 마왕 후보를 경계해서 그런 말을 했을 것이다.

나는 순순히 고개를 끄덕이고 집 안으로 들어갔다.

"어머. 어서와. 마침 밥이 다 됐어."

거실을 보니 아버지도 있었다. 오늘은 빨리 돌아온 것 같다.

빨리 옷을 갈아입으려고 2층에 있는 자신의 방으로 올라갔다.

배가 고파서 이상하게 마음이 조급해졌다. 서둘러 교복 윗옷을 벗고 실내복을 꺼내려고 했다. 그때, 문득 창밖의 모습이 눈에 들어왔는데──,

──────?

밖은 캄캄했다.

생각보다 해가 빨리 졌다── 고, 처음에는 그렇게 생각했다. 하지만 다음 순간, 이상함을 알아차렸다.

창밖에 정말로 까맸다. 마치 먹칠이라도 한 것처럼.

"뭐야, 이거…….”

창문을 열려고 했지만 꼼짝도 안 했다.

'경고──.'

갑자기 머릿속에 【러버즈】 아르카나의 목소리가 울렸다.

'위협이 다가오고 있습니다. 위협지수 4. 빠른 철수를 권고.'

"……설마.”

──다른 마왕 후보의 습격?!

"엄마! 아빠!”

계단을 달려 내려갔다. 거실로 뛰어드니, 바닥에 쓰러진 어머니와 아버지를 앞에 두고 저녁 반찬인 닭튀김을 먹고 있는 남자가 있었다.

"그 나이 먹고 엄마, 아빠라고 부르지 말라고~. 썩을 인간.”

"이 자식…….”

마왕학원의 교복에 후드가 달린 파카. 후드를 깊이 눌러쓰고 있어서 얼굴은 잘 알아볼 수 없었다. 하지만 어딘가 병적이고 입꼬리가 초승달처럼 올라간 미소가 기분 나쁜 남자였다.

"도대체 무슨 일이냐!! 나한테 볼일이 있으면 직접 와라! 가족을 끌어들이지 마라!"

그 남자는 먹던 닭튀김을 퉷 하고 뱉고 반찬이 담긴 접시를 벽에 내던졌다. 접시가 깨지는 소리가 울리고 파편과 닭튀김이 사방에 튀었다.

"거들먹거리지 말라고, 쓰레기가. 요 며칠 동안 널 보고 있었는데 말이야, 마왕 후보라는 거 거짓말이지? 평범한 인간으로밖에 안 보인다고."

"평범한 인간을 며칠 동안이나 감시하냐. 꽤나 경계하잖아."

"앙? 네놈 따위는 어찌 되든 상관없어. 참나, 게르트도 키르가도 아무짝에도 쓸모없는 쓰레기 놈들이군. 왜 이런 쓰레기한테……."

──그렇다면,

"넌 아스피테의 부하인가."

그 녀석은 테이블 끄트머리에 손을 대더니 힘껏 뒤집어엎었다. 어머니가 만든 저녁이 바닥에 전부 쏟아졌다.

"대화 예절을 못 배워먹었구만! '님'을 붙이라고!"

후드 아래로 광기로 뒤틀린 눈동자가 보였다.

"이 몸은 【월드】의 에이스, 하이다 크루저."

에이스라고?! 그렇다는 건 【월드】의 넘버2라는 말인가!

공포와 초조함이 내 속에서 끓어올라 식은땀이 배어나왔다.

"……그런 실력자가 며칠 동안이나 고생했네."

"어~? 다 안다는 것처럼 지껄이지 말라고. 리젤 일행에게 눈치 채이지 않도록 이 집에 술식을 깔 수 있는 녀석은 그렇게 많이 없다고."

집에 술식?

"밖이 깜깜한 것도, 창문이 열리지 않는 것도 그 때문인가."

"당연하지. 이 집은 말하자면 다른 공간이야. 밖에서 들어올 수는 있지만, 안에서는 나갈 수 없다고."

그런가…… 레이나가 느끼고 있던 이상한 기척은 이 녀석의 기척이었나.

"이 집은 함정. 네놈은 미끼다. 쓰레기 같은 미끼지만, 그 계집들을 불러들이기에는 충분하겠지."

"뭣…….."

이 녀석이 노리는 건 내가 아니다. 리젤 선배와 모두인가!!

그때, 힘차게 현관문이 열리는 소리가 났다.

"유우토!! 괜찮아?!"

"유우토!"

"오면 안 돼! 선배!! 미야비!!"

그렇게 외치면서 복도에 튀어 나갔을 때는 리제르 선배와 미야비가 이미 집에 들어와 있었다.

"네~, 두 분 안내하겠습니다~."

현관문이 하이다의 목소리에 반응하여 금고의 문이 닫히는 듯한 중후한 소리를 내며 닫혔다.

"선배! 미야비!"

리제르 선배는 달려오는 나를 보고 안심했다는 듯이 웃음을 지었다.

"유우토, 다행이다…… 무사했구나."

"여기에 있으면 안 돼요! 적의 마술식으로 집 전체가 함정이──."

갑자기 리제르 선배와 미야비가 온몸의 힘이 빠진 것처럼 무릎을 꿇었다.

"왜, 왜 그러나요?!"

"모, 모르겠어…… 마력을, 흡수당하고 있는 것 같아……."

"나, 나도…… 몸에, 힘이 안 들어가…… 빨리, 탈출해야 해……."

그렇게 말하는 동안에도 두 사람의 목소리에서 힘이 사라져갔다.

"핫하하하하하! 이 마술식은 말이다, 그 두 사람의 마력을 흡수하도록 만들어져 있다고."

하이다가 복도에 모습을 드러냈다.

지금은 바닥에 완전히 쓰러진 리제르 선배가 험악한 표정으로 하이다를 올려다봤다.

"하이다…… 역시 아스피테 짓이네."

"히히히히히히, 넌 아스피테 님에게 바칠 거지만 말이다…… 미야비이, 넌 내 것이다."

"히웃?!"

그 순간 쓰러진 미야비의 얼굴이 공포로 일그러졌다.

"미치도록 야한 몸으로 유혹이나 하고 말이야. 바라는 대로 철저하게 조교 해줄게."

"무슨…… 그, 그런 걸 원할 리가 없잖아! 바보 아냐?!"

젠장……?! 어떡하면 좋지?!

지금 움직일 수 있는 건 나뿐이다. 내가 어떻게든 해야만 한다! 저런 놈한테 둘을 빼앗길까 보냐!! 생각하는 거다! 둘을 구하기 위해서!!

"유우토……."

리제르 선배가 가냘픈 목소리로 내 이름을 불렀다.

"선배?!"

"이 마법은 외부의 공격에는 약해…… 탈출해서 집의 일부를 파괴하는 거야…… 그렇게 하면, 모두 살 수 있어."

"하지만, 완전히 갇혔어요!"

"햐하하하하하! 저 쓰레기의 말대로다. 공간이 일방통행으로 구성되어 있다고. 전이라도 하지 않는 이상은 무리지 무리야."

──전이?

그러고 보니, 미야비가 내 침대에 숨어들어왔을 때 말했다.

'그야 당연히 전이 마법으로 들어왔지.'

분명 초고도의 마법이라 미야비도 쓸 수 없다고…… 내가 그런 걸 할 수 있을 리가…….

──하지만 해야만 한다!

난 가슴에 있는 아르카나에 손을 댔다.

"가르쳐줘! 【러버즈】 아르카나여! 나에게, 전이마법을!!"

하이다가 바보 취급하는 표정을 지었다.

"뭐어? 그런 걸 아르카나가 가르쳐줄 리가 없잖아."

내 귀에 아르카나의 목소리가 울렸다.

「트랜자트」를 배웠습니다.'

하지만 그 목소리는 하이다에게 들리지 않았다.

"애초에 네놈이 제대로 쓸 수 있을 리가 없다고~. 방대한 마력도 필요하고 말이야. 히하하하하하!"

"……유우토."

리제르 선배와 미야비는 필사적으로 몸을 일으켜 내 오른발과 왼발에 매달려왔다. 허벅지로 느껴지는 두 사람의 가슴의 감촉. 그 부드러운 곳을 통해 따뜻한 힘이 흘러들어왔다. 흡수당해 얼마 안 남아있던 마력. 그 모든 마력을 나에게 보내줬다.

"널…… 믿고 있어."

"할 수 있어…… 유우토라면!"

둘의 몸에서 힘이 빠졌다. 나에게서 팔을 떼고, 의식을 잃은 것처럼 복도에 쓰러졌다.

──선배, 미야비.

있을까 말까 한 마력을, 나에게…….

"크……윽!!"

난 어금니를 꽉 깨물고 방금 배운 마술식에 두 사람의 마력을 흘려 넣었다.

미야비가 말한 대로 복잡하고 광대한 마술식이었다. 이 세상의 섭리를 거스르는 마법이라 할만하다. 하지만── 할 수 있다!

나에게는 모두가 있으니까!!

술식 곳곳에 마력이 퍼진 순간——,

"으앗?!"

난 앞마당에 서 있었다.

"……큭."

마력을 너무 많이 써서 현기증이 났다.

"아직이다! 여기서 쓰러지면 손 쓸 수 없게 될 거야!"

위력은 약해도 좋다. 태우는 게 아닌, 파괴하는 마법을!

『디토네이트』를 배웠습니다.'

난 남은 마력을 긁어모아서 마술식을 만들어냈다.

현관을 향해 손을 펼쳤다.

"'디토네이트'!!"

현관에 마법진이 빛난 다음 순간, 빛이 번쩍였다.

폭음이 울려 퍼지고 현관이 날아갔다.

"됐다!!"

이걸로 하이다의 술식은 깨졌을 것이다……!

"선배!! 미야비!!"

내 외침과 동시에 2층의 지붕이 날아갔다. 그리고 밤하늘에 두 사람의 그림자가 날아올랐다.

하이다, 그리고 또 하나는 육감적인 실루엣.

"날 거역하지 말라고! 미야비이!!"

"너 따위한테 이름을 불리기만 해도 오싹하다고!!"

주먹이 엇갈리고, 불꽃이 튀었다.

두 사람의 그림자는 튕기듯이 떨어졌고, 각각 다른 집의 지붕에 착지했다.

"다음에야말로 내 것으로 만들 테니 말이다! 몸을 갈고 닦고 기다리고 있어라! 걸레!!"

"뭣⋯⋯."

미야비가 분노를 폭발시키기 전에 하이다의 몸이 사라졌다.

"유우토!"

연기가 피어오르는 현관으로 리제르 선배가 뛰어나왔다.

"선배! 다행이다, 무사했군요."

"그래, 유우토도⋯⋯ 고마워. 덕분에 살았어."

"아니에요⋯⋯ 감사 인사를 해야 하는 건 이쪽──."

"아~ 정말! 미안해! 놓쳤어."

미야비가 마당에 내려왔다.

"어쨌든 둘 다 무사해서 다행이야⋯⋯."

시야가 기우뚱 기울었다.

마력을 너무 많이 썼다. 땅에 쓰러지는 충격에 대비해 마음의 준비를 했지만, 그 대신 부드러운 감촉이 날 받쳐줬다.

"선배⋯⋯ 미야비."

둘이 좌우로 내 몸을 받쳐주고 있었다.

"잘했어. 대단해, 유우토⋯⋯ 흠잡을 곳 없이 만점이야."

"정말이야! 설마 '트랜자트'까지 사용할 줄이야!"

"하하⋯⋯ 두 사람 덕이라니까. 하지만⋯⋯ 설마 집이 습격을 당할 줄은 몰랐네."

리제르 선배는 험악한 눈길로 현관이 파괴된 내 집을 바라봤다.

"첫선을 보이는 날이 가까워지니까 그 전에 손을 쓰려고 한 거구나……."

"첫선, 말인가요?"

"그래. 유우토가 정식으로 마왕 후보가 된 것을 다른 후보들이 인정하게 하는 거야."

"그런 게…… 있나요?"

"교장의 지시야. 인간이 마왕 대전에 참가하는 건 처음이니까, 나중에 불만이 나오지 않도록 처음에 다른 참가자의 승인을 얻는 편이 좋다는 판단을 내린 것 같아."

그렇다면 다른 후보자 앞에 나가서 주목을 받거나 하는 건가? 스물한 명이나 되는 괴물들 앞에서?

"뭔가, 긴장 되네요…… 아."

다리에 힘이 들어가지 않아 무릎을 꿇었다.

"자세한 얘기는 나중에 할게. 지금은 유우토를 치유하는 게 먼저야."

리제르 선배가 몸을 밀착시키니 미야비도 똑같이 몸을 밀어붙였다.

무릎을 꿇었기 때문에 딱 두 사람의 가슴에 얼굴을 파묻는 모양새가 됐다. 네 개의 가슴에서는 달달하고 황홀한 향기가 났다.

이 얼마나 행복한가.

이 얼마나 기분이 좋은가.

몸도 마음도 치유된다.

게다가 선배가 잘했다면서 머리를 쓰다듬어준다.

조심스럽게 말해서 최고였다.

얼굴의 왼쪽과 오른쪽에서 마시멜로처럼 부드러운 물체가 의외일 정도의 중량감과 압력으로 말캉하게 밀려왔다.

"선배. 그렇게 가슴을 밀어붙이지 마. 내 면적이 작아지니까."

"미야비, 너야말로 조금 자제해. 똑같이 밀어붙이면 네 면적이 더 넓어지니까."

……뭔가 다투기 시작했는데?

내 얼굴을 씨름판으로 삼은 가슴 씨름은 근처를 지나가던 사람이 부른 소방차가 달려올 때까지 이어졌다.

제4장

첫 만남

일주일 뒤, 드디어 첫선을 보이는 밤이 찾아왔다.

장소는 마왕학원의 체육관.

나는 엄청 긴장해서 입구 문 앞에 서 있었다.

"괜찮아~? 엄청 긴장한 것처럼 보이는데."

미야비가 긴장을 풀어주듯이 뒤에서 어깨를 주물러줬다.

"땡큐…… 솔직히 긴장하고 있는데."

"히, 힘, 힘을…… 내, 세요, 인, 거예요!"

레이나도 기특하게 응원해줬다. 근데 왠지 나보다 더 긴장하고 있는 것 같은데.

"그럼 애들아, 가자."

리제르 선배가 문을 열고 내게 들어오라고 했다. 나는 격하게 고동치는 심장을 억누르며 체육관으로 발을 들였다.

……어둡네.

불이 꺼진 밤의 체육관은 캄캄했다. 그 안에 청록색 빛이 곧게 뻗어있었다. 그 빛이 내가 걸을 길인 듯했다.

난 각오를 다지고 걸어가기 시작했다.

──확실히, 있다.

어두운 체육관 안에 불이 희미하게 켜져 있었다. 그 불빛은 바닥에 떠오른 문장이었다. 각 아르카나의 고유 문장이 은은하게 빛나 그 위에 선 사람의 그림자를 어렴풋이 비추고 있었다.

얼굴까지는 알 수 없었지만, 그 모습이 다른 마왕 후보라는 것은 확실했다.

마왕의 아르카나는 전부 스물두 장. 하지만 여기에 모여 있는 사람은 반 이하.

다른 마왕 후보가 어디에 있는지는 모른다. 나 같은 인간 따위는 보러 올 가치도 없다는 의미일지도 모르지만.

빛의 선 위를 따라 걸어가니 문장만이 빛나는 장소가 있었다.

저것이 【러버즈】의 문장.

나는 그 위까지 가서 걸음을 멈췄다. 대충 체육관의 한가운데쯤일까.

내 뒤에는 리제르 선배, 미야비, 레이나가 나란히 섰다.

"유우토. 발표."

리제르 선배의 재촉을 받고, 나는 목소리가 떨리지 않도록 기합을 넣고 배로 목소리를 냈다.

"나는 모리오카 유우토! 【러버즈】 아르카나의 인도를 받아 마왕 후보가 된 자. 이 육신이 스러져도 후회는 없으며, 마음이 꺾여도 비애가 없을지니. 나의 바람은 마왕 대전에 도전하여 왕좌를 얻는 것. 두렵지 않다면 나의 참전을 인정하라."

정적. 그리고——,

"기분 탓인가? 신분 소개가 없었는데?"

어디선가 아름다운 목소리가 울렸다.

역시 그 부분을 찌르나…….

"신분은 없다. 굳이 말하자면 인간이다."

또 다시 정적. 하지만 이번에는 뭔가 공기가 요동치는 듯한 낌

새를 느꼈다.

인간 마왕 후보는 인정하지 않는다는 말을 들으면 어떡하지?

그렇게 생각했을 때, 리제르 선배의 기분 좋은 목소리가 들렸다.

"나의 주인, 유우토는 틀림없이 【러버즈】 아르카나의 선택을 받아 마왕 대전에 참가할 자격을 가지고 있습니다. 그 선택에 이의를 제기하는 것은 마왕의 아르카나, 더 나아가서는 마왕 대전 자체를 의심하는 것."

"──이야. 히메가미 리제르 정도나 되는 자가 그 인간을 꽤나 높이 사고 있구나."

문장 하나가 빛을 더해 아름다운 목소리의 주인을 드러냈다.

그것은 아마 나와 같은 학년의 소녀일 것이다.

플래티넘 블론드에 가까운 옅은 갈색의 롱헤어. 어둠 속에서 빛나는 오기가 느껴지는 녹색 눈동자. 서 있는 모습에서는 자신감이 배어 나오고 있었다.

주위에 별이 반짝이고 있는 것처럼 아름답고 화려한 미소녀였다.

최근에는 리제를 선배를 비롯해서 미소녀와 만나는 일이 많아 꽤나 내성이 생겼지만, 이 아이는 아우라가 달랐다. 사람을 끌어들이는 신기한 매력이 넘쳤다.

……그런데 어디선가 본 것 같은데?

"리제르 선배, 저 사람은……?"

선배의 옆얼굴에 긴장이 서렸다. 그것만으로도 저 소녀가 보통내기가 아니라는 걸 알 수 있었다.

"【스타】아르카나를 소유한 마왕 후보…… 진짜 괴물이야."

내 등줄기에 오싹한 한기가 느껴졌다.

"어머나, 괴물이라니, 참 멋진 칭찬이네."

그 소녀는 그렇게 말하면서 긴 머리칼을 빗듯이 쓸어내리며 인사했다.

"난 호시가오카 스텔라. 【스타】아르카나를 소지한 마왕 후보야. 앞으로 잘 부탁해. 【러버즈】의 마왕 후보님."

투명하고 하얀 피부. 인간이 아닌 듯한 아름다움, 그리고 색이 옅은 용모는 본 적이 있었다.

"호시가오카…… 스텔라? 아니, 설마?!"

"어머? 역시 알고 있어?"

깜빡 윙크를 하는 그 얼굴은 틀림없다.

"알다마다, 아이돌 호시가오카 스텔라?! 어? 왜 이런 곳에?!"

지금 가장 잘 나가는 아이돌이다. 텔레비전에서도 인터넷에서도 그녀가 출연하는 방송이나 광고를 보지 않는 날이 없었다.

노래를 부르면 오리콘 1위. 영화에 출연하면 흥행 수입 넘버원. 두말할 것도 없이 국민 아이돌 중 한 명이다. 그런 그녀가 왜 마왕학원에?! 당황한 나를 보고 호시가오카 스텔라는 웃기 시작했다.

"아하하하하하, 리액션 잘 해줘서 고마워. 너 참 괜찮네, 살짝 마음에 들었어."

너무 웃어서 눈물이 나왔는지, 호시가오카 스텔라는 손끝으로 눈꼬리를 닦으면서 대답했다.

"내가 왜 여기에 있느냐 하면 말이야…… 그야 당연히 내가 마왕 후보이기 때문이지."

그건 당연한 대답이었다. 하지만 그게 무엇보다도 놀라웠다.

"설마…… 호시가오카 스텔라가 마족이었을 줄이야."

"아, 그래도 이건 비밀로 해야 해? SNS 같은 곳에 올리면……."

돌연 미소를 지으며 아이돌 스마일. 하지만 그 눈동자에는 죽음의 별이 반짝였다.

"죽여 버릴 거니까♪"

"……?!"

엄청난 공포가 나를 꿰뚫고, 나이프 같은 살기가 나를 베었다.

곧바로 리제르 선배가 내 앞을 막아섰다.

호시가오카 스텔라는 그걸 보고 어깨를 으쓱했다.

"괜찮아 리제르. 지금 여기서 싸울 생각은 없으니까. 그리고 난 스텔라라고 불러도 돼. 일일이 풀네임으로 불리는 건 좀 그렇네."

"어, 그래……."

방금 전의 살기가 거짓말이었던 것처럼, 스텔라는 광고나 방송에서 보여주는 미소를 지었다. 그 반짝임은 그야말로 스타였다.

스텔라는 주위의 어둠을 둘러봤다.

"난 인정할게. 그야 부정할 필요는 없잖아."

어둠 속에서 돌아오는 반응은 없었다.

"다들 그렇게 생각하지? 그야 인간이라면 쉽잖아. 라이벌 한 명이 자동으로 줄어든 것이나 마찬가지고."

——뭐.

놀라는 내 얼굴을 보고 스텔라는 한쪽 눈을 감아 보였다.

……확실히 그 말이 맞다.

난 다른 악마들과 비교하면 크게 뒤떨어져 있다. 그러니 단순한 득점용 요원이라 여겨져도 어쩔 수 없다. 오히려 지금은 그렇게 여겨지는 게 낫다.

다른 후보가 얕보고 임해주면, 난 스타트 라인에 설 수 있다.

스텔라가 한 말은 사실이며, 다른 후보도 나도 반대할 필요가 없는 발언이었다.

호시가오카 스텔라…… 머리도 잘 돌아간다. 능력의 한계를 헤아릴 수 없구나.

"저기…… 승인, 합니다."

상당히 조심스러운 목소리였다.

"이거 봐, 네이트는 인정했다구? 다른 녀석들은 뒤처져도 좋은 거야?"

네이트…… 라는 악마인가. 스텔라와는 아는 사이인 것 같은데, 어떤 사람일까?

문장이 좀 더 밝아지면 모습이 보일 텐데…… 라는 생각을 하고 있으니,

"승인한다. 하지만 【러버즈】는 아르카나 중에서는 가장 약하

다. 참전은 자유지만 빠르게 항복하는 걸 추천하지."

어둠 속에서 그런 목소리가 들리더니 문장이 하나 사라졌다.

누군가 한 명이 돌아간 건가…… 그건 그렇고 가장 약하다는 말을 들었는데, 진짜인가?

"승인."

"승인합니다. 그건 그렇고 인간일 줄이야…… 적어도 강한 아르카나였다면 싸울 만 했을 텐데……."

"무슨 아르카나더라도, 인간이라면…… 승인."

계속해서 목소리가 나고, 차례차례 문장이 사라져 남은 것은──.

"인정해도 좋다…… 하지만 조건이 있다."

문장이 밝게 빛나 【월드】의 아스피테를 드러냈다.

"우리의 카드가 무슨 일이 있어도 승부를 내고 싶다고 하더군. 만약 카드 한 명에게 뒤처진다면, 마왕 대전은 애초부터 무리였다는 얘기지. 만약 이긴다면 참전을 승인하지."

"다른 마왕 후보는 모두 찬성했어. 한 명만 반대하는데 그런 조건을 받아들일 이유가──."

난 반론하려고 한 리제르 선배를 제지했다.

"알았어."

"유우토?!"

리제르 선배, 미야비, 레이나가 놀랐지만 난 물러설 생각이 없었다. 왜냐하면 나도 그 녀석과 싸우고 싶기 때문이다.

"그래서 언제 겨루는 거지?"

"당연히 지금부터다아아아아아아아아아아아아아아아!!"

"!!"

천장에서 하이다가 덮쳐왔다.

"다들 엎드려!!"

그 순간 리제르 선배가 한 손을 위로 뻗었다. 순간적으로 방어 마법인 '바리카데'가 펼쳐졌다.

"그게 뭐 어쨌다고오오오오오오!!"

하이다가 소리치자 '바리카데'가 일그러졌다. 마법이 서로 반발하고 있는 건지 하이다의 몸이 공중에 떠 있었다.

오싹한 한기가 내 몸을 타고 흘렀다. 주위의 낌새가 이상하다. 묘한 마력이 둘러싸고 있는 듯한, 궁지에 몰린 듯한 느낌이 들었다.

리제르 선배의 안색이 변했다.

"?! 미야비! 유우토를!!"

"라저!"

"으어?!"

미야비에게 목덜미를 잡혀 끌렸다.

순간적으로 엄청난 가속도를 느꼈고, 정신을 차리니 수십 미터를 이동해 있었다. 레이나도 약간 떨어진 곳에 있었다. 리제르 선배도 그걸 확인하고 바로 옆으로 뛰었다.

다음 순간, 방금 전까지 우리가 서 있던 바닥이 모조리 깎여나갔다.

"뭐야…… 저건."

보이지 않는 거대한 숟가락으로 바닥을 아이스크림처럼 도려
냈다── 그런 인상을 받았다.

반원형으로 도려내진 바닥은 공중에 떠있었고, 그 위에 하이
다가 서있었다.

"햣하하하하! 놀랬냐? 놀랬냐고. 이것이 나의 고유능력 '킵 아
웃'이다!"

미야비가 하이다에게 주먹을 올리며 자세를 잡았다.

"저 녀석…… 결계를 무기로 쓰고 있어."

결계라고? 저게…… 말이야?

리제르 선배가 하이다에게서 시선을 떼지 않고 우리가 있는
곳으로 왔다.

"그래, 두려울 정도로 강력한 결계야. 강제로 결계의 안과 밖
을 나누는 힘을 가지고 있어. 만약 저거에 몸의 반이 삼켜진다
면……."

레이나가 부들부들 떨었다.

"서, 설마, 몸이, 반쪽으로……."

도려내진 바닥이 땅 울림을 울리며 낙하했다.

"하하하하핫하하하! 그 말이 맞아!! 몸 어디든지 도려내 준다고!
어때, 미야비? 그 커다란 가슴을 도려내 줄까? 햐하하하하핫!"

"큭…… 그런 짓을 하게 둘 리가 없잖아!"

"난 할 수 있다고. 참나, 항상 미치도록 야한 몸을 과시하기나
하고 말이야, 이 걸레가. 순순히 내 것이 되면 귀여워해 주겠지
만 말이야…… 거역하면 두 번 다시 남자를 홀리지 못하도록 야

한 부분만 도려내 줄게."

미야비의 볼에 식은땀이 흘렀다.

"너…… 최악이야……."

"마음대로 지껄여. 앞으로 한 시간 뒤면 넌 나의 성노예가 되는 거야. 어쨌든 거기 있는 인간이 지면 넌 팔려나간다고. 빠르냐 늦느냐의 차이란 말이다."

"……!!"

미야비가 어금니를 꽉 깨물었다. 앞으로 내민 주먹이 떨리고 있었다.

확실히 미야비는 강하다. 하지만 아무리 강하다고 해도 공포를 느끼지 않는 건 아니다.

리제르 선배의 얼굴에 명확한 분노의 감정이 서려 있었다.

"각오해, 하이다…… 너만큼은 용서하지 않아. 태어난 걸 후회하게 해줄게."

리제르 선배의 눈동자가 푸르게 빛났다.

그 살기에, 그 박력에, 솔직히 기가 죽었다. 하지만──,

"기다려 주세요, 리제르 선배."

"유우토?"

"지명을 받았으니, 제가 할게요."

"……! 아스피테가 하는 말 따위는 들을 필요 없어!"

"맞아요 맞아요! 싸운다고 해도 우리 카드도 함께 싸울 거예요!"

하지만 난 혼자 앞에 나섰다.

"하이다, 우리 집에 잘도 쳐들어왔지. 관계없는 아버지와 어머니까지 말려들게 하고……."

"말려들게 해? 넌 걸을 때 발아래에 있는 벌레나 미생물을 걱정하냐?"

──이 자식이.

난 몸속에서 마술식을 구축해 갔다.

한 개, 두 개, 그리고…… 세 개!

다음 순간, 난 하이다의 눈앞에 있었다.

"──헤."

혼신의 펀치를 하이다의 안면에 꽂아 넣었다.

"끄하아오오아아아아아아악!!"

하이다의 몸이 기묘하게 회전하며 체육관 벽에 처박혔다.

"유우토!"

"됐다! 파박 하고 꽂았네!"

"대단해요 대단해요! 유우토 씨!!"

모두가 기뻐하는 목소리를 냈다.

하지만 방심하기에는 이르다.

"너 이…… 쓰레기가."

하이다가 일어섰다. 입술 끝에 맺힌 피를 손으로 닦으며 광기가 넘치는 눈으로 나를 노려봤다.

"이 쓰레기 새끼가아아아아아아아아아아아아아아아아아!!"

하이다가 오른손을 앞으로 뻗어 마법진을 전개했다. 나도 곧바로 손을 앞으로 내밀었다.

"'파이자드'!!"

"'바리카데'!!"

내 장벽이 하이다의 불꽃을 막았다. 불꽃의 양이 엄청났다. 방어 마법으로 막고 있긴 했지만, 내 옆과 위로 1미터 정도 되는 곳을 불꽃이 지나갔다. 그것만으로도 맹렬하게 뜨거웠다. 이대로 있으면 불에 타죽는다.

"유우토! 지금 도와주러──."

"기다려줘! 리제르 선배!! 난 내 힘으로 이기고 싶어!"

"무…… 무슨 소리를 하는 거야?! 그런 고집을 피울 때가 아니라고!"

"맞아, 유우토!"

"유우토 씨!"

하지만 난 수긍할 수 없었다. 대답하는 대신 '스트라이드'를 발동시켜 바닥을 찼다.

"으?!"

나는 내 모습을 놓친 하이다의 측면으로 덤벼들었다.

"썩을 놈이!"

아무래도 이번에는 직격은 실패했다. 하지만 하이다의 '파이자드'를 막는 것은 성공했다. 하이다는 단숨에 거리를 벌려 나에게서 벗어났다.

난 하이다에게서 눈을 떼지 않고 뒤에 있는 모두에게 말했다.

"다들, 날 믿어줘. 확실히 아스피테의 말대로 저런 녀석에게 이기지 못하면, 다른 마왕 후보에게 이긴다는 건 꿈속의 꿈 이야기나 마찬가지야."

"……알았어."

"아니! 선배까지?!"

리제르 선배는 대드는 미야비를 손으로 제지했다.

"하지만 만약 위험해지면, 그때는 손을 뗄 거야. 그래도 상관
없어?"

"그래."

"그렇게 되면, 넌 그 정도의 인물이고 모두의 왕이 될 자격 따
위는 없다…… 그렇게 생각해도 되지?"

"그래도 돼."

"무, 무슨 소릴 하고 있는 거야?! 선배도 유우토도!!"

"맞아요 맞아요! 레이나는…… 레이나는, 그런 거 싫어요!!"

난 레이나의 눈물 섞인 목소리를 듣고 마음속으로 사과했다.

그래도 난——

"유우토."

내 등에 리제르 선배의 손이 닿았다. 마력과 함께 뜨거운 마음
이 흘러들어왔다.

"이겨. 반드시!"

"네!!"

리제르 선배의 강한 의지가 나에게 기합을 불어넣었다.

난 미야비에게 배운 '스트라이드' '알마드' '맥시마이즈'를 병렬
기동하여 하이다에게 달려들었다.

하지만——,

"아니?!"

내 주먹은 허공을 갈랐다. 그리고 등 뒤에서 목소리가 들렸다.

"쓰레기가! 그딴 건 누구든지 할 수 있다고!"

"크악!!"

등에 느껴지는 충격. 내 몸은 앞으로 날려지고 바닥을 굴렀다.

"유우토 씨?!"

레이나의 걱정스러운 외침을 듣고, 나는 바로 일어섰다.

'알마드'가 없었다면 척추가 부러졌을 것이다.

"간다 새꺄!! 인간의 실력을 보여 봐라!!"

하이다가 믿을 수 없는 속도로 접근하여 막무가내로 주먹과 발길질을 날렸다. 그것은 딱히 무술 같은 것이 아니었지만 단순히 속도와 파워가 대단했다.

역시 【월드】의 에이스. 성격은 최악이지만 실력은 상당하다.

"큭······!!"

전부 방어하지 못해 펀치를 맞았다.

"햐아하하핫하하! 이제 알았냐! 네놈의 주제를 말이야!!"

하이다는 미야비에게 배운 기술을 정말 간단하게, 그것도 나 이상의 마력으로 구사해냈다. 반에 있는 일반 학생에겐 어렵더라도 마왕 후보나 후보를 따르는 카드에게는 기본적인 기술인 것이다.

"네놈도, 네놈을 받드는 리제르도 미야비도 쓸데없다고! 마왕 대전에 참가하는 것 자체가 허튼짓이란 말이다!! 쓰레기야!!"

난 팔을 휘둘러 필사적으로 하이다의 주먹을 막아냈다.

"허튼짓인지 아닌지는 해보지 않으면 모른다고!"

"당연히 알 수 있지! 【러버즈】의 아르카나는 가장 약하다! 지금까지 제대로 된 전적을 남긴 적도 없다고! 완전히 꽝이라고!!"

"뭐⋯⋯."

"저 계집년들한테 속고 있는 거라고! 네놈도 【러버즈】의 아르카나도 마왕이 될 그릇이 아니야. 승산이 없다는 것쯤은 저 여자들도 알고 있을 거다. 그러니 네놈을 이기게 할 마음 따위는 없는 거라고. 단순히 심심풀이를 위해 우리에게 할당된 거다!!"

난 하이다의 펀치를 손바닥으로 받아내고 붙잡았다.

"아냐."

"어?"

"다들 진심이다. 그렇지 않으면 나 같은 걸 필사적으로 설득하거나, 매일 훈련하거나, 밤을 새워가며 지켜주지 않을 거다!"

하이다의 주먹을 쥔 손가락에 힘을 줬다. 메마른 소리가 나며 하이다의 주먹이 꾸깃꾸깃하게 찌부러졌다.

"갸아아아아아아아아아아아아아아악?!"

내가 손을 놓자 하이다는 믿을 수 없는 것을 보는 듯한 눈으로 부서진 손을 바라봤다.

"뭐⋯⋯ 뭐냐, 이 새끼, 이 힘은⋯⋯."

"저렇게 열심히 날 보좌해주는 모두를 바보 취급하는 건 용서할 수 없다!!"

다시 앞으로 발을 디디며 하이다를 두들겨 팼다.

가드를 했지만, 그 팔을 부러뜨렸다.

"끄아아아아아아아악?!"

명백하게 '맥시마이즈'의 파워가 현격히 올라가 있었다.

내 안에 있는 마력이 확실하게 변질되어 있었다. 단 한 방울의 마력── 원래는 작은 불길을 일으킬만한 마력, 그것이 마을을 파괴할만한 폭탄으로 변해있었다.

이유는 알 수 없다.

하지만 지금은 고민할 때가 아니다.

지금은 그저 눈앞의 남자를 때려눕힌다!

"크…… 까불지 마라! 쓰레기가아아아아!!"

하이다가 부러진 양손으로 마법진을 만들어 냈다. 역시 엄청난 정신력이다. 에이스라는 칭호는 그냥 달고 있는 게 아니었다.

"조심해 유우토! '킵 아웃'이 올 거야!!"

"이미 늦었다!"

"이건……?!"

하이다 앞에 수많은 '킵 아웃'이 떠올랐다.

대체 몇 개나 있는 거야?! 다섯 개, 아니 열 개…… 어느 틈에 이만한 결계를 준비한 거지. 이것들에 둘러싸이면…… 도망칠 수 없어!!

"백그라운드에서 이걸 처리한 탓에 다른 마법을 못 써서 말이다…… 팔이 이 꼴이 났지만! 백 배로 돌려주마아아아아!!"

공간이 뒤틀려 있어서인지 귀울림이 들렸다.

등줄기가 오싹해지고 식은땀이 났다.

보이지 않는 공포가 한 발 한 발 다가왔다.

"네놈에게 당한 몸은 미야비의 몸으로 돌려받으마. 저 헤픈 걸레를 철저하게 조교해서 육변기로 만들어줄 테니까 말이야!"

"웃기지 마!"

"어?"

"미야비는 헤프지도 않고 걸레도 아니야! 저 녀석에 대해서 조금도 모르면서 자신의 상상으로 다른 사람에 대해서 얘기하지 마! 미야비는 착실하고 진지하게 다른 사람을 배려할 수 있는 좋은 녀석이다!"

미야비를 보니 눈물을 글썽거리며 날 바라보고 있었다.

"유우토……."

"알 바냐! 어쨌든 네놈은 이제 죽는다고! 지난주의 싸움으로 네놈의 힘은 이미 파악했다! 네 마력도 마법도, 바닥이 보인단 말이다!!"

'킵 아웃'이 날 둘러쌌다. 이젠 도망칠 곳은 없었다. 하지만──,

"그건 일주일 전의 나잖아?"

"뭐어?"

난 일주일 동안 몸에 익힌 마술식에 마력을 보냈다.

몇 번이나 반복하여 연습해서 지금은 파괴력도 증대되어 있었다.

"가르쳐주마! 사람은 성장하는 존재다!!"

발아래에 마법진이 전개되었다. 그것은 내가 지금까지 사용한 어느 마법보다도 크게 펼쳐졌다.

"아닛?! 무슨 속셈이냐!"

하이다는 서둘러 나의 발아래에 시선을 집중했다. 그리고 안심한 표정으로 코웃음 쳤다.

"바보가! 이 마법진 '디토네이션'이잖아! 그딴 게 '킵 아웃'에 통하겠냐?! 다른 공간으로 잘라낸다는 걸 학습하지 못하냐고! 역시 인간은 원숭이와 다름 없구만!!"

"확실히 그렇지. 하지만 너와 통째로 날려버리면 문제없어."

"……뭐?!"

그 순간, 마법진이 체육관 구석 끝까지 펼쳐졌다.

당연히 하이다의 발치도 공격범위였다.

"아니, 그럴 리 없어! 이렇게 큰 '디토네이션'이 발동할 리가──."

발치에 있는 마법진에서 엄청난 섬광이 뿜어져 나왔다.

그리고 충격파가 바로 위를 향해 치솟았다.

"으갸악─────!!"

거대한 폭발은 '킵 아웃'과 하이다의 몸을 한 번에 천장까지 솟구치게 했다.

하이다의 전신에 걸린 압력은 상상을 초월했다. 그리고 결계를 쳐둔 천장을 관통하여 지붕에 거대한 구멍을 뚫었다.

그야말로 영역이 한정된 거대한 폭탄.

둥글게 뚫린 천장을 통해 달빛이 들어와 체육관 안을 은색으로 비췄다.

"유우토……."

리제르 선배가 나를 바라보고 있었다.

"선배, 특훈의 성과는…… 어땠나요?"

선배는 가볍게 웃으면서 고개를 살짝 기울였다.

"만점이야."

"유우토오오오오오오오옷!!"

달려온 미야비가 그대로 나에게 달려들었다.

"우와아앗?!"

마력을 전부 써서 힘이 빠진 난 그대로 바닥에 넘어졌다.

"유우토! 유우토! 유우토오오오오오오오!!"

"지, 진정해."

"유, 유우토가 딱 부러지게 말해줘서 둥실하고, 쿵 해서, 그래서 우두두두두 했어!!"

"……여전히 심각하게 어휘가 부족하구나."

하지만 왠지 모르게 마음은 전해졌다.

난 가슴에 얼굴을 묻은 미야비의 등을 쓰다듬으며 진정시키듯이 부드럽게 두드렸다.

"유우토 씨이이이!"

레이나도 옆에 앉더니 내 손을 잡고 가슴에 안았다.

"감사합니다! 합니다! 기뻤어요. 레이나, 평생 유우토 씨를 위해서 헌신할게요!"

다들──,

"흐음…… 그렇군. 이게 새로운【러버즈】의 마왕 후보…… 게다가 인간이라…….."

팔짱을 낀 호시가오카 스텔라가 싱글거리며 날 바라보고 있었다.

"······스텔라. 나, 싸우는 데 정신이 팔려서······ 폭발에는 안 말려들었어?"

"어? 아아, 말려들었어."

"?! 미, 미안! 난──."

스텔라는 변명을 하려는 나에게 아무래도 좋다는 듯이 손을 저었다.

"아아, 괜찮아 그건. 그보다 그 정도로 날 어떻게 할 수 있을 리가 없잖아? 그치, 네이트?"

──네이트?

아까 목소리만 들렸던······ 그 사람인가.

달빛 아래에 모습을 드러낸 네이트는 갈색 피부를 가진 금발 미녀였다. 어딘가 오리엔탈한 분위기를 지니고 있었다.

"으, 응······ 괜찮아. 문제없어."

역시 둘은 마왕 후보답다고 해야 하나.

하지만 그렇게 딱 부러지게 괜찮다는 말을 들으니, 그건 그거 대로 조금 상처가 됐지만······ 아무튼 다행이다.

"난······ 네이트·카르낙. 【채리엇】의 마왕 후보······ 야, 잘······ 부탁해."

굉장히 조심스러운 전차네·······.

내가 바라보니 부끄러운 듯이 머뭇거렸다.

대조적으로 스텔라는 나에 대한 호기심을 숨기지 않고 다가왔다.

"너 참 재밌네. 지금까지 존재한 적이 없는 마왕 후보야. 잠깐

어울려주라."

눈동자에는 별이 반짝이고 있었다.

모피가 달린 교복과 어우러져 북쪽 하늘에서 빛나는 별을 연상시켰다.

하지만 리제르 선배가 스텔라 앞을 막아섰다.

"안 돼. 유우토는 지쳤어. 다음에 해."

"어머, 리제르. 독차지하고 싶은 거야?"

"──뭣?!"

리제르 선배의 볼이 확 빨갛게 물들었다.

"아, 아니야. 난 유우토의 컨디션 관리를──."

스텔라는 짓궂은 웃음을 짓더니 내 볼을 검지로 쿡쿡 찔렀다.

"흐음~ 가까이에서 보니 꽤나 귀엽잖아♪"

"아, 안 돼! 만지면 안 돼!"

리제르 선배가 아이 같다── 본인에게는 절대로 말 못 할 감상을 품은 채로, 내 의식은 서서히 사라져갔다.

◇ ◇ ◇

눈을 뜨니 욕실에 있었다.

"……아니, 여긴 어디야?"

"팰리스야."

"에?!"

리제르 선배에게 뒤로 안겨있었다.

욕조에 누워서 선배에게 기대는 자세였다. 뭔가 엄청나게 고저스한 쿠션이다. 그보다 이 자세는 선배에게 실례가 되는 게 아닐까.

몸을 일으키려는 나를 말리듯이 리제르 선배의 팔에 힘이 들어갔다.

"안 돼. 아직 마력을 보급 중이니까. 느긋하게 몸과 마력을 회복시켜."

"죄송합니다…… 저, 또 정신을 잃었네요."

"그래. 그래도 하이다를 쓰러뜨리고 30분밖에 안 지났어."

"그런가요…… 스텔라랑 네이트는?"

희미해져 가는 의식 속에서 뭔가 언쟁을 한 것 같은데.

"걔네들은 아무래도 좋잖아?"

……어라, 살짝 기분이 나빠 보이는데.

내 가슴을 두른 손에 힘이 들어가 강하게 안겼다.

몸 전체로 선배의 부드러운 몸을 느꼈다. 특히 가슴의 탄력이 대단하다. 그보다 매끈매끈한 피부의 감촉이…… 일단 수영복을 입고 있는 것 같은데, 피부 면적이 매우 넓은 듯한 느낌이 들었다.

"일단 마왕 대전 참전 자격도 얻었으니, 이제 스타트 지점에 섰네요."

"그래……."

선배의 목소리가 가라앉았다.

"왜 그러세요?"

"……미안해."

"? 왜 사과하는 건가요."

"사실은 참전을 안 하는 게 너에게 가장 안전해. 하지만 우리의 형편 때문에 너에게 위험을 강요하고 있어. 그러니까…… 미안해."

"선배……."

"지금이라도 안 늦었어. 만약 유우토가 마왕대전을 포기해도 우리는──."

"싫어요."

나는 강한 의지를 가지고 단호히 말했다.

"전 마왕 대전에서 이기고 싶어요. 모두와 함께. 그리고 손에 넣는 거예요. 새로운 미래를, 가능성을. 나나 부모님이 가축 취급을 받고, 모두가 노예가 되는 미래밖에 없다니, 전 싫어요. 우리의 미래는 우리의 손으로 얻고 싶어요."

"유우토……."

내 뒤통수에 선배의 이마가 툭 하고 닿았다.

"정말로…… 괜찮겠어?"

"리제르 선배. 방금 전에 제가 싸우는 모습은 어땠나요? 가망이 없나요?"

"정말…… 멋졌어."

목덜미에 뜨거운 숨이 닿았다.

"마왕 후보로서도, 한 사람의 남자로서도…… 만약 내가 【러버즈】 아르카나에 종속된 집안이 아니었다고 하더라도…… 난,

분명——.”

선배의 팔이 느슨해졌다.

난 욕조 속에서 뒤돌아서 선배와 서로 바라봤다.

따뜻한 물로 몸이 데워진 탓인지, 다른 이유 때문인지, 선배의 볼은 상기되어 있었고 눈동자는 촉촉했다. 넋을 잃은 표정은 마치 사랑에 빠진 소녀 같았다.

볼에 달라붙은 검은 머리칼이 굉장히 요염했다. 청초함과 요염함이 섞인 얼굴은 나에게 마법을 걸었다.

“선배…….”

“유우토…….”

자연스럽게 얼굴이 가까워졌다. 조금만 더 가면 입술이 닿——

“오래 기다렸지~!! 저기, 유우토는 정신 차렸어?!”

“늦어서 늦어서 죄송해요!!”

매우 소란스럽게 문이 열리는 소리가 나면서 미야비와 레이나의 목소리가 날아들어 왔다.

난 무심코 문이 있는 곳을 보고 일어섰다.

“……?!!!!!”

“히웃?!!!?!”

미야비는 나를 보자 황급히 얼굴을 돌렸고, 레이나는 얼굴을 손으로 덮었다.

오히려 눈을 돌려야만 하는 건 내 쪽이었다.

둘 다 아슬아슬한데도 정도가 있다는 생각이 들게 하는 마이크로 비키니를 입고 있었다.

끈 같은 비키니로는 무슨 수를 써도 미야비의 거대한 가슴을 지탱할 수 없었다. 출렁하고 흔들리니 젖꼭지가 보일 것만 같아서 조마조마했다. 그리고 아랫가슴뿐만 아니라 윗가슴, 옆가슴, 모든 방향에서 꼭대기 외에는 전부 훤히 드러나 있었다.

그리고 하복부도 당연하다는 듯이 체면치레만 할 정도의 면적으로 가려, 이것저것 보일 것 같은 데다가 뒤로 돌면 아마 엉덩이가 다 보일 것이다.

레이나도 같은 디자인에 사이즈만 다른 것을 입고 있었다. 그래서 이쪽도 미야비와는 다른 의미로 너무 위험했다.

살짝 부푼 작은 가슴의 꼭대기만을 가리고 있었다. 하반신도 고간의 꼭지점만을 가린 듯한 아슬아슬 라인.

──그렇다는 건, 설마 리제르 선배도 같은 수영복을?

생각하는 것보다 빠르게 선배를 뒤돌아봤다.

"──?!"

리제르 선배는 눈을 크게 뜨고 굳었다.

물속에서 흔들리는 선배의 가슴은 틀림없이 똑같은 디자인이었다.

──어이쿠, 이런. 본능에 따라 무심코 보고 말았다.

"죄송해요. 리제르 선배…… 저도 모르게 그만."

"어…… 아, 아냐……."

어딘가 건성으로 대답하면서도 선배의 시선은 내 고간에서 떨어지지 않았다.

응? 미야비랑 레이나도 그렇고, 뭔가 반응이 이상한데──.

아래를 보니,

나만 수영복을 입고 있지 않았다.

잘 생각해보면 당연했다.

난 수영복 같은 건 학교에 두지도 않았고, 보통 목욕은 다 벗고 하는 거니까.

그리고 자다 일어나서 그런 건지 모르겠지만, 내 하반신도 본능에 충실한 형태가 되어 있었다.

그래서 미야비랑 레이나도?!

뒤돌아보니, 미야비는 얼굴을 옆으로 돌리고 있었지만 눈만은 이쪽을 빤히 쳐다보고 있었다.

"굉장해…… 저, 저게 뭐야…….."

그리고 레이나는 손으로 얼굴을 덮고는 있었지만, 벌어진 손가락 틈으로 눈도 깜빡이지 않고 날 보고 있었다.

"햐~……."

"우와아아아아아아아아앗!!"

이제 와서 새삼스럽지만, 나는 고간을 가리며 욕조에 몸을 담갔다.

봐, 봤어?!

"미, 미안! 모두에게 이상한 걸 보여줘서!!"

미야비는 볼을 빨갛게 물들이고 허벅지를 비비적대면서 왔다.

"조, 조금…… 디자인이 굉장하구나…… 하고 생각했을 뿐인데, 아하하하……."

레이나도 머리로 김을 뿜으며 쭈뼛거리면서 다가왔다.

"그, 그래도 그래도, 그…… 멋있지 않나, 하고 생각을…… 한 거예요."

리제르 선배가 뒤에서 어깨에 손을 살짝 올렸다.

"미안해. 그…… 멋대로 그런 모습으로 만들어서. 마력 소모가 너무 심해서 평범한 방법으로는 회복될 것 같지 않아서……."

"아, 아뇨! 선배가 나쁜 게 아니니까요."

"그래 그래…… 그러니까, 유우토. 그, 좀 더 보여줘도 괜찮은 데?"

"레이나도, 레이나도…… 싫지 않은…… 거예요."

두 사람은 부랴부랴 욕조에 들어오려고 했다.

"어, 다 들어가는 거야?"

확실히 욕조가 넓으니까 네 명 정도는 들어갈 수 있을 것 같지만.

"응. 분명 피부에 직접 닿는 면적을 늘리고, 물을 매개로 삼으면…… 그러니까, 이젠 아무래도 좋아!!"

미야비는 기세 좋게 욕조에 몸을 담갔다.

"꺅."

그 때문에 물보라가 흩날려 리제르 선배가 얼굴을 찌푸렸다.

나는―― 물에 떠 있는 작은 비키니 브래지어에 시선을 빼앗겼다. 그것은 책무로부터 해방되어 물 위를 자유롭게 떠다녔다.

그래서 가려주는 것을 잃은 미야비의 가슴은 있는 그대로의 모습으로 물에 떠 있었다.

하얗고 매끈한 피부와 매혹적인 곡선미. 그리고 옅은 핑크색으로 물든 젖꼭지.

그렇구나, 가슴은 물에 뜨는구나── 라는 생각을 하면서 무심코 바라보고 있으니, 미야비는 황급히 가슴을 가렸다.

"아, 아하하하, 나도…… 보여줘 버렸네. 이걸로 쌤쌤이…… 맞지?"

미야비는 시선만 위쪽으로 하며 나를 보더니 어리광부리듯이 미소 지었다.

"모, 모처럼이니까…… 난 이 모습으로 치유해줄게?"

"어?! 아니, 그건 너무 지나치지……."

"그, 그럼…… 레이나도."

레이나까지 등으로 손을 돌려 브래지어를 벗으려고 했다. 난 구조를 요청하듯이 리제르 선배를 돌아봤다.

"선배, 뭐라고 좀 해보세요. 다들──."

"그럼 나도 벗을 수밖에 없겠네……."

리제르 선배마저 비키니의 브래지어를 벗으려 했다.

선배도인가요오오오오오오오오오오오오오오오오오오오오오오오오!!

그리고 그 후,

아직 한 번도 경험해보지 못한 최상의 치유가 기다리고 있었던 것이었다.

마왕학원의
반역자

제5장

첫 쇼핑

오늘은 일요일이다.

악마를 위한 학원인 마왕학원도 인간과 마찬가지로 오늘은 휴일. 따라서 리제르 선배도 만나지 못한다── 고 생각하고 있었는데…….

"레이나한테 연락이 왔어. 곧 도착한대."

리제르 선배는 스마트폰을 집어넣고 커피에 입을 댔다.

여기는 큰길의 골목에 있는 한적하고 분위기가 세련된 카페다.

가까이에 쇼핑몰이 있으며, 오늘의 목적은 바로 쇼핑이다.

──여름방학에는 바다로 합숙을 갈 거니까 수영복을 사러 가자.

라는 지시가 어제 왔다.

선배의 권유를 받으면 묻지도 따지지도 않고 승낙하는 것이 후배의 소양이다. 덕분에 이렇게 눈앞에서 선배의 사복 차림을 보고 있다. 모노톤을 기조로 한 시크한 코디. 그러면서도 신기하게 화려함이 느껴지는 건 역시 리제르 선배다웠다.

그 옆에 앉아있는 건 유우가오제 미야비.

"그런가~. 역시 레이나가 있는 곳으로 데리러 갈 걸 그랬어~."

이쪽은 데미지 진즈 핫팬츠에 가슴골과 배꼽을 드러낸 윗옷. 수영복을 사러 가는데 이미 수영복 같은 차림이었다.

그런 모습으로 미야비는 점심시간 전인데도 망설임 없이 커다란 파르페를 주문해 생크림과 아이스크림과 딸기로 구성된 타워를 웃으면서 깎아내리는 중이었다.

"미야비…… 내가 참견할 일은 아니지만, 그렇게 먹고 괜찮아?"

"어? 아아, 괜찮아! 단것 들어가는 배는 따로 있으니까, 점심도 파바박 먹을 거야!"

리제르 선배는 노골적으로 표정을 찌푸렸다.

"살찔 건데?"

"음~…… 확실히 신경은 좀 쓰이지만."

"알겠어? 군살이 찐다는 건 신뢰를 잃는 것과 마찬가지야. 군살이 찌는 것도 신뢰를 잃는 것도 간단하지. 하지만 한 번 붙은 군살과 불신감을 없애는 건 정말 힘든 일이야."

리제르 선배가 이상하게 열성적으로 이야기했다.

"아~ 완전 이해돼~."

미야비는 스푼을 놓더니 자신의 가슴을 밑에서 들어올렸다.

"난 가슴이랑 엉덩이부터 살이 찌는데, 다이어트를 해도 얼굴부터 빠져서 좀 싫단 말이지."

리제르 선배가 탁! 하는 큰 소리를 내며 커피잔을 내팽개치듯이 놨다.

"어, 어머…… 미안해. 나도 모르게 세게 놓고 말았네."

리제르 선배는 동요를 숨기듯이 머리를 쓸어올렸다.

리제르 선배한테서 뭔가 신경이 곤두섰다는 아우라가 느껴지는데, 미야비는 딱히 아무것도 안 느껴지는지 다시 스푼을 들어 파르페와 입술 사이를 왕복시키기 시작했다.

"선배는 어디부터 살쪄?"

리제르 선배의 어금니가 까드득 하는 소리를 낸 것 같은 느낌이 들었다.

"미워…… 이 위팔과 종아리가 미워……."

저주하는 목소리가 들린 듯했지만, 아무것도 못 들은 걸로 하기로 했다.

"유우토? 말해두겠지만, 난 다이어트 같은 건 안 하고 있어. 딱히 체형이 신경 쓰이는 건 아냐."

……애써 무시했는데.

"그, 그렇죠. 선배의 스타일은 완벽하다고 생각해요. 모델이든 그라비아든 뭐든 소화할 수 있을 것 같아요."

"어머…… 후후후 ♪"

기분 좋은 웃음을 지으며 커피에 입술을 댔다.

이렇게 말하면 실례지만…… 의외로 쉬운── 이 아니라, 순진한 사람이란 말이지. 선배는.

"그래도 있잖아~ 선배도 얼빵한 면이 있어~"

아니 미야비! 모처럼 분위기를 부드럽게 만들어놨는데 왜 망치려고 하는 거야?!

"흘려들을 수 없는 말이네. 나의 어떤 부분이 얼빵…… 문제가 있다는 거야?"

"그야 선배, 무서운 거 싫어하잖아? 유령의 집이라던가. 전에 공포영화 봤을 때 울 뻔했잖아."

"──────!!!!?!"

……거짓말이지?

하지만 리제르 선배는 표정이 딱딱해진 채로 굳었다.

……진짜로?

"게다가 어두운 곳도 싫어하고. 얼마 전에 첫선을 보일 때도 울지는 않을까 걱정했다구?"

"우, 울 리가 없잖아?! 그, 그리고 생트집이잖아! 어두운 곳쯤은 아무렇지도 않아!"

"그치만 잘 때도 깜깜하게 안 하고 작은 조명을 켠다면서."

"그, 그건…… 바, 밤에 깨서 화장실 같은 데 갈 때, 고, 곤란해서야!"

음…… 내 기억이 정확하다면, 선배는 악마 맞지? 어두운 곳과 공포가 무섭다니, 이해가 안 되는데요…….

"유우토!!"

"네, 넷?!"

"이 쓸데없는 부분에만 살찐 아이의 말은 믿으면 안 돼! 머리가 나빠지니까!"

"그게 무슨 소리야?! 너무하지 않아?! 정말 이렇게 됐으니 다른 것도 말할 거야!! 들어봐 유우토! 선배는 말이야~."

"아니야아아아아아아아아아아아아앗!! 거짓말이야! 엉터리야! 가짜 뉴스야!! 절대로 믿으면 안 돼에에에엣!"

난 어떡하면 좋지?!

그때 구원의 천사가 창밖을 지나갔다.

레이나!!

귀여운 원피스를 입고 거대한 일본도를 비스듬히 짊어지고—— 아니, 어?

레이나가 입구의 문을 열고 뛰어 들어왔다.

"늦어서 죄송합니다인 거예—— 아웃?!"

등에 멘 일본도가 힘차게 입구에 걸렸다. 레이나의 작은 몸만이 앞으로 튀어나오려고 하고 손발이 앞으로 뻗쳤다. 그리고 뒤로 잡아당겨진 것처럼 넘어졌다.

난 자리에서 일어나 레이나가 있는 곳으로 달려갔다.

"레, 레이나? 괜찮아?"

"네, 네……."

레이나가 놀라면서 일어섰다. 난 레이나의 등에 우뚝 솟아 이상한 존재감을 내뿜는 일본도를 올려다봤다.

"그거, 집에서부터 등에 메고 온 거야?"

"맞아요! 맞아요!"

정말 좋은 미소와 좋은 대답.

"그거…… 힘들었겠구나."

그보다 용케도 경찰한테 불심검문 안 당했구나.

"아뇨 아뇨, 괜찮아요…… 하지만 현관과 개찰구에서 아까 전처럼 걸려버렸어요."

에헤헤 하고 웃는 그 얼굴은 어린 티가 남은 여자아이의 얼굴 그 자체라서 그럴 마음이 없더라도 보호 욕구가 끓어올랐다. 뭐, 엄청나게 강하긴 하지만.

어쨌든 리제르 선배 일행이 있는 자리로 안내했고, 레이나는 내 자리 옆에 오도카니 앉았다. 등에 메고 있던 뒤숭숭한 물건은 벽에 기대어 세워뒀다. 이 이상 세련된 카페에 어울리지 않을 수가 없었다.

"저기, 레이나. 왜 굳이 매고 온 거야? 숨겨둘 수 있잖아?"

전에 들은 게 있는데, 아무래도 악마는 각자의 이공간을 가지고 있으며 거기에 무기 등을 보관해두는 게 가능하다고 한다.

레이나도 평소에는 빈손으로 다니는데, 그때는 이 긴 일본도를 그 공간에 보관해 둔다는 뜻이다.

"그치만 그치만, 아무래도 뽑는 게 늦어져 버려요. 오늘은 외출이니까 익숙한 학원과는 상황이 다르니까…… 유우토 씨에게 위험이 닥쳤을 때 대응이 늦으면 큰일이니까요!"

기합이 들어가 있는지 가슴 앞에 두 주먹을 꼭 쥐고 흥 하고 거칠게 콧김을 냈다.

"마음은 높이 사지만, 너무 눈에 띄는데?"

리제르 선배는 부드럽게 타일렀지만 레이나는 납득이 안 된다는 표정을 지었다.

"……그치만, 레이나 때문에 무슨 일이 생기면……."

"고마워, 레이나."

난 레이나의 머리를 쓰다듬었다.

"흐와왓!"

레이나는 용수철이 튀는 것처럼 등을 똑바로 세웠다. 머리 옆으로 묶은 머리카락까지 똑바로 위로 곤두선 것처럼 보였다.

"흐냐…… 기분이, 좋은 거예요."

레이나의 은발은 결이 부드러워 쓰다듬고 있는 나도 기분이 좋았다.

"으음……."

미야비가 입을 비쭉거리며 낮게 목소리를 내고 있었다. 무슨 말을 하고 싶어 하는 것 같은데, 뭘까?

리제르 선배도 팔짱을 끼고 눈썹을 떨고 있었다.

"스, 슬슬 갈까. 그리고 레이나. 네 마음은 잘 알았어. 그래도 취급은 조심해서 해야 한다? 다음에 어디 부딪히면 얌전히 이공간에 넣어둬. 알았지?"

"알겠습니다!!"

정말 좋은 대답이었다.

그리고 1분 후. 가게에서 나갈 때,

"아웃?!"

가게에 들어올 때와 마찬가지로 출입구에 칼이 걸렸다.

◇ ◇ ◇

넷이서 같이 목적지인 쇼핑몰에 왔다. 목적지는 수영복 전문점이다.

리제르 선배는 똑바로 앞을 보고 목적지를 향해 일직선. 레이나는 가게와 설비 하나하나를 보고 '와~' 하고 감탄하며 작은 동물처럼 두리번거리기 바빴다.

그리고 미야비는 지나치는 가게 하나하나에 코멘트했다.

"아, 이 파스타 가게 맛있을 것 같아~"

"와아~ 파티셰가 자랑하는 오리지널 디저트!"

다만 먹을 것의 비율이 높았다. 뭐, 여자애다운 메뉴지만.

"오오~ 돈가스 가게. 좋구나, 돈가스……."

"어, 이런 곳에 라멘 가게가?! 저기, 쇼핑하기 전에 먹고 안 갈래?"

정정하자. 여자애다운 가게와 든든하게 먹는 가게 전부 포함이다. 끝에는 리제르 선배도 걸음을 멈추고 뒤돌아봤다.

"저기 미야비. 잘 생각해봐. 지금부터 우리는 뭘 하러 가지?"

"수영복 사러."

"당연히 시착을 하겠지? 난 유우토의 의견을 물어볼 생각인데."

"——헉!!"

미야비는 곧바로 배를 잡았다.

"너무 많이 먹어서 볼록 튀어나온 배를 보여줄 용기…… 나한테는 없지만, 미야비가 괜찮다면 먼저 점심을 먹어도 괜찮아. 하지만 배부르게는 못 먹겠지."

"나, 나중에 먹을게! 나 참을 거니까!"

리제르 선배는 만족스럽게 고개를 끄덕이고 다시 걷기 시작했다.

문득 깨달았는데, 다른 손님이 우리 쪽을 힐끗힐끗 보고 있었다. 그중에는 빤히 쳐다보는 사람도 있었다.

도대체 뭐지? 싶었지만, 잘 생각해보니 리제르 선배와 모두는 학원에서도 주목을 모으고 있지 않은가. 이유는 똑같다. 귀족 악마라는 걸 모른다고 해도, 그 아름다움에 넋을 잃은 것이다.

리제르 선배도 미야비도 레이나도 길을 가다가 보면 누구든 다시 보고 싶어지는 미소녀들이다. 그걸 알아차리니 전혀 신기할 게 없었다.

하지만 기가 죽기는 한다. 다들 저런 미소녀 군단에 섞여있는 남자는 뭐하는 놈인지 생각하고 있겠지…….나는 그런 기분을 떨쳐내고 대각선 앞을 걷는 리제르 선배에게 말을 걸었다.

"합숙 예정은 이미 세워져 있나요?"

"대체적으로는. 세세한 조정은 이제부터 해야 해. 유우토의 성장 상태에 따라서도 목적지가 달라져."

"어, 그런가요?"

"와~ 그럼 난 하와이가 좋아! 와이하!!"

미야비는 눈을 반짝이며 나에게 다가왔다.

"나한테 그런 말을 해도…… 어떤 조건으로 목적지가 정해지는지 전혀 모르는데."

"하, 하와하와, 하와이…… 레이나…… 그런 돈은 없는 거예요……."

레이나는 겁먹은 것처럼 덜덜 떨고 있었다.

"괜찮아. 목적지가 어디가 되던 여비는 내가 댈 테니까."

리제르 선배의 말을 듣고 레이나는 후우 하고 한숨을 쉬었지만, 곧바로 곤란한 듯이 눈썹을 찡그렸다.

"그치만 그치만, 미안해요."

"걱정하지 마, 유우토도."

"네…… 왠지 미안하네요."

그건 그렇고 레이나도 귀족일 텐데…… 경제적으로 유복한 건 아닌가? 조금 신경 쓰이지만, 다른 집의 경제 사정을 묻는 건 미안했다.

"아, 여기야."

목적지인 가게에 도착해서 리제르 선배의 뒤를 따라 안으로 들어갔다.

"우와……."

가게 안은 여성용 수영복으로 넘쳐나고 있었다. 하얗고 청결 감이 느껴지는 인테리어에 색색의 수영복이 전시되어 있어서, 왠지 모르게 사탕 가게를 연상시켰다.

하지만 여성용 수영복이 늘어선 곳을 걷는 건 도저히 버틸 수 가 없었다.

"저기, 그럼 전 남성용 코너로……."

리제르 선배는 방향을 바꾸려고 한 내 팔을 바로 잡아서 팔짱을 꼈다. 내 팔이 표현할 길이 없는 부드러움에 감싸였다. 리제르 선배의 사복에 감싸인 형태 좋은 가슴이 내 팔의 형태에 맞춰 말랑하게 일그러졌다. 그 광경이 묘하게 야했다.

"안 돼. 같이 와줘."

"아니, 그래도…… 남자가 여자 수영복 판매장에 있는 건 뭔가 범죄를 저지르고 있는 듯한 기분이……."

"무슨 소리를 하는 거야? 왕이 가신의 의상을 정하는 게 왜 범

죄가 되는 거야?"

"아직 왕이 안 되었는데요…… 아니, 어? 정한다고?"

그렇게 놀라고 있으니 이번에는 미야비가 반대쪽 팔을 안았다.

리제르 선배 이상의 볼륨감. 압도적인 압력이 내 팔을 단단히 눌렀다. 팔이 가슴골에 완전히 끼어있었다.

"밥 먹는 걸 참으면서까지 왔으니까, 반드시 유우토가 골라줘야 해! 파박 하고 정해줘!"

"언제 그런 중요한 역할이?!"

난 두 사람의 가슴의 감촉을 양팔로 느끼면서 강제연행 되었다. 그리고 천국 같기도 하면서 고문 같기도 한, 뭐라 형언할 수 없는 쇼핑 타임.

세 개의 시착실이 늘어선 곳 앞에서 기다리는 나.

다른 손님과 점원의 시선이 신경 쓰여서 견딜 수가 없었다.

"저기~, 유우토."

시착실의 문 하나가 열리고 미야비가 손짓을 했다.

"응? 무슨 일——?!"

손목을 잡혀 순식간에 시착실로 끌려 들어갔다. 그리고 문이 닫혔다.

"야, 야——."

무슨 짓이냐며 물어보려고 하니, 미야비는 검지를 입술에 대서 조용히 하라는 뜻을 전해왔다.

시착실은 의외로 넓어서 2평 가까이 됐다. 흔히 커튼으로 구분된 간이 탈의실이 아니라 제대로 된 방의 형태를 갖추고 있었다.

"옆에는 선배랑 레이나도 있으니까, 쉿~, 해야지♪"

"그래도 이렇게 억지로——."

미야비의 모습을 보고 나도 모르게 숨을 죽였다.

"헤헤…… 이거 어때?"

화려한 핑크색 비키니. 가슴은 반 이상이 노출되어 있으며, 하반신 또한 하복부가 상당히 많이 보였다.

"그리고 결정적인 부분은 등이란 말이지."

뒤로 빙글 돌아 엉덩이를 보여줬다.

"으어?!"

나도 모르게 이상한 목소리가 나올 정도로 노출도가 엄청났다. 부드러움과 중량감을 겸비하여 볼륨이 넘치는 미야비의 엉덩이가 거의 다 보였다.

"브라질리언 비키니래. 다리가 쭉쭉 길어 보이고, 난 엉덩이도 반들반들하고 매끈매끈하니까 훨씬 예쁘게 보여서 좋대~."

그렇게 말하면서 상반신을 살짝 굽혀 나에게 엉덩이를 내밀어 보였다.

확실히 티 한 점 없는 아름다운 피부였다. 그리고 압도적인 볼륨감…… 하지만 노출이 과하지 않나? 이건 거의 알몸에 가깝잖아.

상반신에 대해 말하자면, 목욕탕에 들어갔을 때 입은 마이크로 비키니보다는 나았다. 하지만 하반신은 더 과격하고 위험했다.

애초에 팰리스의 목욕탕에 들어가는 것과는 상황이 다르다.

"혹시나 해서 묻는데, 이걸 입고 해수욕장이나…… 다른 사람의 눈이 있는 곳으로 가는 거지?"

"응. 맞아."

"음~……."

나도 모르게 팔짱을 끼고 신음했다.

"어라? 별로 안 좋아?"

"아니…… 좋지만, 다른 사람들이 보는 건 좀 저항감이 든다 싶어서."

"그 말은…… 유우토 이외의 사람에게는 보여주고 싶지 않다, 그런 뜻이야?"

미야비는 정면으로 돌아 나에게 한 발 다가왔다.

"뭐, 그렇게…… 되겠지. 독점욕을 노골적으로 드러내는 것 같아서 꼴사납지만. 왜 나한테 이런 소리를 들어야 하냐는 느낌이 들지? 기분 나빴으면――."

미야비는 나에게 살짝 다가왔다. 그보다 수영복에 감싸인 가슴의 끝부분이 내 가슴에 닿았다.

"아냐. 싫은 기분은…… 안 들어. 그보다."

미야비의 볼이 확 빨갛게 물들었다.

"……기, 기쁜, 데?"

미야비는 나에게 얼굴을 더 가까이 댔다. 가슴에 밀려나듯이 뒤로 물러났다. 등이 벽에 닿았지만, 그래도 미야비는 가슴을 밀어붙여 왔다.

"그러니까 유우토가 보고 싶다면, 난 뭐든지 입을 거고…… 싫다면 다른 사람에게 보여주거나 하지 않아."

"미, 미야비……."

"내가 수영복 입은 모습은…… 어때, 려나?"

"아, 어어…… 좋은, 것 같아."

"역시 엉덩이라던가?"

"그, 그렇지."

미야비는 기쁘게 웃더니 나에게서 몸을 떨어뜨렸다. 안심한 것도 잠시, 이번에는 등을 돌리고 나에게 기댔다. 그리고 엉덩이를 내 고간에 밀어붙였다.

"자, 잠깐만! 거긴, 거긴 위험해!"

"에에~ 왜에? 내 엉덩이가 마음에 든다고 했잖아? 있지, 여기서 몰래 마력 보급 해버리자~♥"

"이런 곳에서?!"

미야비는 당황한 나를 보고 더 장난스러운 웃음을 지었다. 그 얼굴은 그야말로 소악마 그 자체였다. 정말 음탕하고 문란한 표정이었다.

"그럼…… 간다."

몸을 앞으로 숙여 엉덩이를 내밀었다. 감촉은 부드러웠지만, 압력은 강렬했다. 커다란 엉덩이가 원을 그리듯이 회전했다. 위에서 내려다보는 그 허리 놀림은 엄청나게 야했다.

아니 그보다 옆에서 보면 이 구도는 너무 위험하다!! 정말이지, 뭐랄까, 하고 있는 것으로밖에 안 보이는데!

"아, 알았으니까, 미야비! 빨리 떨어져! 이런 모습을 다른 사람이 보면——."

찰칵 하고 문이 열렸다.

"?!"

검은 비키니를 입은 리제르 선배가 축축한 시선으로 노려보고 있었다.

리제르 선배의 수영복도 등줄기가 오싹오싹할 정도로 섹시했다. 새하얀 피부에 검은 수영복이 잘 돋보여서 묘하게 요염하고 야릇한 색기가── 아니! 이런 말을 하고 있을 때가 아니다!!

"리?! 리제르 선배…… 이, 이건?!"

"정말이지…… 방심할 틈이 없구나."

누가 봐도 언짢은 아우라를 흩뿌리면서 시착실로 들어왔다. 그 뻔뻔한 미야비도 나에게서 떨어져 아하하 하고 얼버무리듯이 웃고 있었다.

"미야비, 아무데서나 발정하는 건 그만둬."

바, 발정?! 뭔가 엄청난 단어가 튀어나왔네…….

"우리 【러버즈】의 카드에게는 '힐링・러버즈'라는 행위가 따라오게 돼. 하지만 그건 어디까지나 신뢰 관계를 기초한 의식. 좀 더 이성과 품위라는 걸 지니지 않으면, 쓸데없는 오해를 받고 말 거야."

미야비는 살짝 발끈한 표정을 짓더니 내 팔을 껴안았다.

"딱히 그러려고 한 건 아닌데. 난 내 마음에 솔직해졌을 뿐이고. 사실 선배는 이런 짓은 안 하고 싶은 거지? 그럼 안 하면 되잖아. 하지만 난 하고 싶은걸."

"무슨……."

리제르 선배는 입을 벌리고 놀란 표정을 지은 채로 굳었다. 하지만 바로 나에게 다가오더니, 미야비가 잡은 팔의 반대쪽 팔을 껴안았다.

"내가 언제 안 하고 싶다는 말했어? 미야비는 내가 얼마나 참고 있는지 알아?"

"그런 거 알 리가 없잖아!"

"저, 저기, 둘 다…… 진정을──."

하지만 둘은 내가 하는 말을 듣지 않았다. 나 자신도 양쪽으로 안기고, 굉장히 기분 좋은 몸 사이에 끼어있어서 머리가 잘 돌아가지 않았다.

"난 유우토가 마왕 대전에서 이기는 걸 최우선으로 생각하고 있어. 그러기 위해서 견디고 있는 거고, 이것저것 참고 있는 거라고! 그런데 왜 미야비는 제멋대로인 거야?!"

"나도 그런 건 생각하고 있다고! 하지만 스스로의 마음에 거짓말을 하는 것도 무리니까!"

"유우토와 우리의 미래를 위한 것이고, 세상을 위한 거야!! 인내라는 걸 조금은 배우는 게 어때?!"

"선배는 야한 거에 관심이 없으니까 딱히 상관없잖아!"

리제르 선배는 입술을 꾹 깨물었다. 그리고 참았던 걸 터뜨리듯이 외쳤다.

"야한 건! ……당연히 하고 싶지!!"

리제르 선배가 깜짝 놀라서 굳어졌다.

자기도 모르게 입 밖에 낸 말에 선배 자신이 놀란 듯했다. 천천히 시선을 내려 부끄러운 듯이 고개를 숙였다. 긴 검은 머리

사이로 보이는 귀가 새빨갛다.

수줍음을 감추려는 건지 진정이 되지 않는 건지 손끝을 자꾸 움직이고 있는데, 결과적으로는 내 팔을 만지작거리고 있는 것이라서 간지러웠다.

미야비도 놀란 얼굴로 고개 숙인 리제르 선배의 가마 부근을 바라보고 있었다.

시착실에 충만한 이 분위기, 어떡해야 할까.

"저, 저기……."

타개책을 찾아내지 못해 식은땀이 배어 나왔을 때 힘차게 문이 열렸다.

"싸, 싸움은 싸움은, 안 돼요!

새하얀 선수용 수영복을 입은 레이나가 뛰어 들어왔다.

"모, 모두, 모두, 사이좋게!!"

눈에 눈물을 글썽이며 부들부들 떨면서 호소했다.

"아……."

"……."

선배와 미야비는 거북하다는 듯이 시선을 돌리고 나에게서 떨어졌다.

"그, 그럼 말이야…… 적어도 나랑 선배가 입은 수영복 중에서 어느 쪽이 좋은지 정해."

그렇게 나오냐?! 젠장, 미야비 녀석. 터무니없는 짓을 하다니.

난 잠시 망설인 뒤에 앞으로 똑바로 걸어가 레이나의 가는 손목을 잡고 복싱의 승자에게 해주는 것처럼 팔을 들어줬다.

"레이나의 승리."

"에?"

레이나는 어리둥절한 표정으로 고개를 까딱 기울였다.

"참…… 어쩔 수 없나."

"할 수 없네……."

씁쓸한 표정을 지은 두 사람을 앞에 두고 챔피언은 안절부절했다.

"레, 레이나의 수영복, 그렇게 좋은가요?"

모르고 있었다.

하지만. 얇은 선수용 수영복은 레이나의 미숙한 몸의 디테일을 더할 나위 없이 드러내고 있는 것도 사실이며…… 확실하게 말하자면 비쳐 보여서, 그것은 실로 배덕적인 요염함을 자아내고 있었다.

단적으로 말하자면, 범죄의 향기가 났다.

살짝 부풀어 오른 가슴의 끝부분의 형태라던가, 배꼽의 움푹 들어간 모습이라던가, 그 아래의…… 라던가.

나중에 이너웨어라는 것의 존재를 가르쳐줘야겠다며, 나는 마음속으로 맹세했다.

◇ ◇ ◇

그 후에는 모처럼 나왔으니 잠깐 다른 쇼핑을 했다. 그렇다고 해도 대부분 보면서 돌아다닐 뿐인 윈도우 쇼핑. 짐꾼이라도 할까 싶었지만, 도움이 될 기회는 딱히 찾아오지 않았다― 그래도 재밌었다.

해가 질 무렵에 해산하게 되었다. 나는 '데려다줄게'라는 리제르 선배의 고마운 제안을 받아들여 차로 배웅을 받게 되었다.

"어라?"

리제르 선배는 스마트폰의 액정을 바라보더니 미안한 얼굴로 나를 봤다.

"미안해. 잠깐 전화하고 올 테니까 기다려 줄 수 있어?"

당연히 괜찮죠―― 나는 그렇게 대답하고 근처의 서점을 들러 시간을 때우기로 했다.

"오……."

가게 앞에 본 적 있는 얼굴이 늘어서 있었다.

――호시가오카, 스텔라.

새로운 사진집이 발매되었는지, 대대적인 선전이 이루어지고 있었다.

이전에는 인기 있는 아이돌이라 나름대로 신경이 쓰였고, 물론 귀엽다는 생각은 하고 있었다. 하지만 사실은 악마라는 걸 안 지금은 인상이 전혀 달랐다.

문득 그 사진집에 손을 뻗으려고 한순간――.

"너, 잠깐 괜찮아?"

"에?"

뒤돌아보니, 거기엔 명백하게 수상한 사람이 있었다.

모자를 썼으며 눈에는 선글라스, 입에는 마스크. 살짝만 착각

해도 범죄자로 보일 것이다.

"나야."

마스크를 끄르고 선글라스를 내린 그 얼굴은,

"호?! 호시가오카 스텔라?!"

"쉿! 목소리가 커!"

난 서둘러 주위를 둘러봤지만, 다행히 아무에게도 들리지 않은 듯했다. 사진집을 보려고 했더니, 설마 본인이 등장할 줄은 몰랐다. 나는 입가에 손을 대고 속삭이듯이 물어봤다.

"사진집에서 튀어나온 줄 알았어요…… 대스타가 이런 곳에서 뭐하고 있나요."

스텔라는 빙그레 미소 지었다.

"좋네, 대스타라는 말의 울림. 좀 더 말해도 된다구?"

무심코 쓴웃음을 지으니, 스텔라는 선글라스와 마스크를 원래대로 쓰고 내 손목을 잡았다.

"잠깐 이쪽으로 와."

"예? 아니, 전 지금……."

"바로 저기 있는 구석이야. 사람이 없는 곳에서 얘기하고 싶을 뿐이야."

억지로 끌려간 곳은 창고로 가는 입구라서 확실히 사람의 눈이 닿지 않는 장소였다. 모자를 벗으니 긴 머리칼이 사라락 하고 흘러나왔다. 선글라스와 마스크를 벗으니 국민적 대스타 호시가오카 스텔라의 등장이었다.

"왜 이런 곳에…… 쉬는 날인가요?"

"널 만나러 왔어."

"저를?"

"그래. 같은 마왕 후보로서 말이야."

녹색 눈동자가 빛났다.

설마 스텔라는 나를……?

"──아아, 딱히 널 죽일 생각은 없어. 살짝 물어볼 게 있을 뿐이야."

그 말을 그대로 믿어도 되는지는 모르겠지만, 지금의 나에겐 선택지가 없었다.

"내가 스텔라한테 가르쳐줄만한 건 아무것도 없을 텐데."

"그러지 말구. 잘 나가는 아이돌과의 대화를 즐긴다고 생각하면 이득이잖아?"

"잘 나가는 아이돌인 호시가오카 스텔라와 함께라면 말이지. 하지만 마왕 후보로서…… 잖아?"

스텔라는 흥 하고 깔보듯이 웃음을 지었다. 그리고 나를 값을 매기는 듯한 눈으로 바라봤다.

"첫선을 보였을 때는 대부분의 마왕 후보가 결석했어. 네가 인간이라는 사전 정보는 돌고 있었으니까, 보러 갈 가치도 없다면서 말이야. 하지만 말이야, 난 너한테 흥미가 있어."

"그건 영광이지만…… 어째서지?"

"히메가미 리제르가 신임하는 남자이기 때문이야."

──리제르 선배가…….

"스텔라는 리제르 선배를 높이 평가하고 있다…… 그 말이군."

"그야 그렇지. 넌 모를지도 모르지만, 리제르의 실력은 상당하다구? 그녀가 마왕 후보로 선택되지 않을까 하는 소문도 돌았고, 나도 그렇게 생각했어."

"그랬, 나……."

물론 나도 선배는 대단한 사람이라고 생각한다. 하지만 다른 마왕 후보가 봐도 역시 평가가 높다는 건 처음 안 사실이었다.

"그런데 설마하던 인간이 나왔지. 그래서 다른 후보로 갈아탈 줄 알았더니, 그 인간의 카드가 되어 버렸는걸. 정말 깜짝 놀랐지 뭐야."

"갈아타……?"

"그래, 그야 리제르의 집안은 대대로 【러버즈】 아르카나를 섬겨왔지만, 딱히 갈아타도 상관없으니까."

──어?

"그, 그런가?"

스텔라는 의아하다는 표정으로 날 올려다봤다.

"너한테는 미안하지만, 솔직히 다른 후보로 갈아타는 편이 작위를 박탈당할 리스크가 줄 거라고 생각하는데."

……뭐야 그게. 다들 살 확률이 높은 방법이 있잖아.

그런데,

그런 말은 한마디도 안 하고,

나를 믿고──

눈시울이 차츰 뜨거워졌다.

"응? 뭐야? 우는 거야?"

난 황급히 눈을 감고 고개를 숙였다.

"아, 아니 딱히. 눈에 먼지가 들어간 것 같아서."

나는 서둘러 눈을 비볐다.

젠장, 들키면 부끄럽겠지── 그렇게 생각했지만, 다행히 스텔라는 별로 신경 쓰지 않는 모습으로 이야기를 계속했다.

"있잖아, 애초에 넌 어떻게 아르카나를 손에 넣은 거야?"

"나도 잘 모르겠지만, 아침에 일어났더니 머리맡에 있었어."

그렇게 대답하니 스텔라는 갑자기 웃기 시작했다.

"아하하하, 뭐야 그게?! 산타 할아버지가 선물해주기라도 했다는 거야?"

스텔라는 큰 소리로 웃고 있었지만, 눈은 웃고 있지 않다는 게 무서웠다.

"지, 진짜야. 솔직히 왜 머리맡에 있었는지는 내가 알고 싶다고."

"……뭐, 좋아. 근데 인간치고는 마법을 배우는 것도 빠르고, 마력도 강하네."

"그건 【러버즈】 아르카나와 리제르 선배와 모두 덕분이려나…… 난 평범한 인간이니까."

스텔라는 나에게 얼굴을 가까이 대고 냄새를 맡듯이 코를 킁킁거렸다.

"확실히 사람 냄새밖에 안 나네……."

냄새로 알 수 있나? 그보다 가까이에서 보니 정말로 예쁘구나…….스텔라는 찬찬히 감상할 틈을 주지 않고 몸을 떨어뜨렸다.

"리제르 덕분이라고 했는데, 마법은 리제르에게 배우고 있는 거야?"

"그래, 특훈을 받고 있어…… 하지만 마법 자체는 아르카나에게 배우고 있는데."

스텔라는 깜짝 놀란 것처럼 아름다운 눈동자를 휘둥그레 떴다.

"……무슨 소리야?"

"무슨 소리냐니…… 말 그대로의 뜻이야. 아르카나가 얘기해서 가르쳐줘."

"얘기해……?"

크게 뜨여있던 스텔라의 눈이 가늘고 날카로워졌다.

"그것도 믿으라는 거야?"

……그러고 보니.

리제르 선배가 전에 말했었지. 마왕 후보라고 하더라도 아르카나의 목소리는 들리지 않는다고. 그건 정말이었나.

"……저기, 나도 물어보고 싶은 게 있는데. 괜찮지?"

"애인이라면 없어."

"그런 게 아니라…… 스텔라는 악마 귀족이지? 게다가 마왕 후보. 그런데 왜 인간인 척을 하면서 아이돌을 하고 있는 거야?"

스텔라는 코웃음을 치더니 그 자리에서 빙글 턴을 했다. 겨우 그것만으로도 나도 모르게 마음이 끌릴 것만 같았다.

"난 노래나 춤, 연기로 사람들의 감정을 움직이는 것으로 에너지를 빨아들이고 있어. 더 많은 사람으로부터 말이야."

"그런가…… 그래서."

스텔라는 빙긋 웃고 포즈를 취했다.

"난 공전절후의 스타이고 싶어. 모든 생물이 내 매력 앞에 무릎을 꿇는 거야. 모든 악마와 인간의 마음을 사로잡는다, 그건 모든 것의 지배자와 마찬가지가 아닐까?"

"그렇구나…… 그건 마왕에 가까울 것 같네."

"그치? 그러니 난——."

"야! 저기 봐, 호시가오카 스텔라다!!"

통로 끝에서 몇 명의 손님이 이쪽을 가리키고 있었다.

"정말이다!"

"우와! 빨리 찍어! 그보다 사인받으러 가자!!"

스텔라는 칫 하고 혀를 차더니 창고 문으로 뛰어들었다.

"앗! 도망친다!"

"쫓아가자!!"

다섯, 여섯 명의 남자들이 뒤를 쫓아 창고로 뛰어 들어갔다. 그리고 소란을 알아차린 다른 손님들이 소란을 피우기 시작해 주위는 떠들썩해졌다.

이게 호시가오카 스텔라의 영향력인가.

라이브나 연기를 통해 팬의 마음에서 에너지를 얻고 있다. 그런 마왕 후보도 있다는 걸 아니, 눈이 확 트이는 느낌이 들었다.

다른 마왕 후보는 어떤 성격과 특징을 가지고 있을까?

그리고 보니, 첫선을 보일 때 만난 네이트 · 카르낙이라는 금발에 갈색 피부를 가진 소녀…… 상당히 수줍음이 많고 조심스러워 보였는데. 별로 마왕 후보처럼 느껴지지 않는다는 점이 조금 재밌었다.

하지만 그건 빙산의 일각에 지나지 않는다. 한 꺼풀 벗기면, 다들 괴물이다. 차기 마왕을 노리는 최강의 악마들이다.

나는 그런 녀석들에게 이겨야만 한다. 자신은 전혀 없다. 하지만 나를 믿고 굳이 가시밭길을 고른 리제르 선배와 모두를 위해서…… 나는 해내야만 한다.

그런 생각을 하면서 난 리제르 선배를 기다렸다.

——하지만,

그 후, 아무리 기다려도 리제르 선배는 돌아오지 않았다.

"……여긴."

히메가미 리제르가 눈을 뜨니, 그곳은 본 적도 없는 저택 안이었다.

자신이 누워있는 곳은 빨간 벨벳 소파. 머리 위에는 커다란 샹들리에. 어두운 방에 희미한 촛불의 빛만이 흔들리고 있었다. 클래시컬한 인테리어는 프랑스 귀족이라도 살고 있을 것 같은 분위기를 내고 있었다.

"정신 차렸나."

어두컴컴한 방에 떠오르는 잿빛 머리칼에 하얀 교복. 수면 부족인 듯 가라앉은 눈언저리. 그리고 세상의 모든 것을 깔보는 듯한 웃음.

"아스피테…… 네 짓이야?"

리제르는 상체를 일으키려고 했지만, 아직 머리가 몽롱했다. 손을 머리에 대니 사슬이 절그럭 하고 소리를 냈다. 손목에 금속제 수갑이 채워져 있었고 사슬로 묶여있었다.

"……취향이 상당히 고약한 액세서리네. 이게 라인 가문의 관례야?"

"흉포한 들개는 사슬로 묶어 조교한다. 당연한 수단이지."

"이런 조처에도, 네 집을 방문하는 것에도 동의한 기억은 없는데."

"신경 써야만 하는 것은 나의 의지뿐이다. 타인의 의사 따위는 아무래도 좋아.”

“여전히 오만하네.”

“하지만 허용되지.”

아스피테는 리제르가 앉아있는 소파의 팔걸이에 다리를 올렸다.

“넌 내 것이다. 내 카드가 되어라.”

“첫선 때 봤잖아? 난 이미 【러버즈】의 카드. 유우토의 것이야.”

리제르는 도전적인 눈으로 아스피테를 쳐다보고── 곧바로 한 손을 앞으로 뻗었다.

“핫!!”

공격 마법이 전개되어야 했지만 아무 일도 일어나지 않았다.

“······이건.”

오싹 하고 온몸이 떨렸다.

아스피테는 우쭐한 미소를 짓고 리제르를 내려다봤다.

“‘월드 · 리비전’── 이게 나의, 【월드】의 고유마법이다.”

아스피테를 중심으로 직경 5미터 정도의 구체가 나타났다. 그것은 구체처럼 보였지만, 기하학적인 도형과 마술 문자로 구성된 구체── 입체마법진이었다.

리제르는 자기 주위에 전개된 입체마법진을 살펴봤다.

“그래······ 이 안에서는 내 마법도 사용할 수 없다, 이거네.”

“누구의 마법이든. 이게 나의, 내가 지배하는 세계, 내가 절대적 존재인 세계다.”

리제르는 홍 하고 코웃음 쳤다.

"꽤나 작은 세계네. 혼자 처박히기에는 딱 좋은 사이즈인걸."

아스피테의 눈이 분노로 일그러졌다.

팔걸이에 올린 발에 힘을 줘서 힘껏 걷어찼다.

"앗?!"

소파가 쓰러져 리제르가 바닥에 넘어졌다. 그리고 아스피테는 리제르에게 손바닥을 겨눴다. 리제르의 마법은 발동하지 않았는데, 이번에는 어째서인지 마법진이 전개되었다.

"꺄아아아아아아아아아아아아아아아아아아악!!"

아스피테의 전격 마법이 리제르의 전신을 덮쳤다.

엄청난 충격과 고통이 리제르의 몸을 경련시켰다. 그리고 몇 초 뒤, 전격이 멈추고 리제르는 움직이지 않게 되었다.

옷은 불에 탄 것처럼 찢어져 연기를 뿜고 있었다.

"아…… 으…… 아아."

아스피테는 말조차 하지 못하는 리제르를 내려다보며 가학적인 미소를 지었다.

"【월드】아르카나는 최강이다. 난 이미 마왕이며, 넌 너의 의지와는 관계없이 내 것이다. 【러버즈】따위는 상대도 되지 않는다."

아스피테는 발끝으로 리제르의 몸을 가볍게 찼다. 그러자 리제르의 몸은 체중이 사라진 것처럼 떠올랐다.

"으…… 화, 확실히…… 네 힘은 대단해…… 하지만, 난…… 결코, 네 것이, 되지 않아."

"그런가. 하지만 【러버즈】의 마왕 후보가 사라지면, 넌 나를 따를 수밖에 없어. 만약 네놈이 나에게 굴복한다면…… 엎드려

절하며 내 카드로 삼아달라고 애원한다면, 내가 마왕이 되었을 때 히메가미 가의 존속은 약속해주지."

입체마법진이 사라진 순간, 리제르의 몸이 바닥에 떨어졌다. 아스피테는 그 몸을 가차 없이 짓밟았다.

"컥?! 끄으······윽!!"

"널 위해서 파티를 기획해주지. 그 인간을 【월드】의 전원을 동원해 대접해주마. 녀석이 추하게 목숨을 구걸하는 모습을 보게 해주마."

"?! 그, 그······만."

"누가 차기 마왕인지. 누구의 카드가 되어야 하는지, 잘 생각해라."

아스피테는 리제르에게 등을 돌리고 방을 나갔다. 그 뒷모습이 흐릿해졌고, 리제르는 의식을 잃었다.

◇ ◇ ◇

"리제르 선배는 도대체 어디에······."

아무리 시간이 지나도 돌아오지 않는 리제르 선배의 이변을 느낀 난 미야비와 레이나를 다시 불러와 쇼핑몰과 주변 일대를 찾았다. 히메가미 가에서도 부하 악마를 이용해서 수색을 시작했지만, 리제르 선배에 대한 단서는 무엇 하나 발견되지 않았다.

새벽녘이 다 되어 팰리스에서 선잠을 잔 우리는 한줄기 희망을 가지고 월요일 아침을 맞이했다.

"역시…… 안 왔네. 리제르 선배."

미야비가 힘없는 목소리로 중얼거렸다.

우리는 리제르 선배의 반 앞에서 기다렸지만, 무정하게도 복도에서 인기척이 사라지고 수업 시작을 알리는 종이 울렸다.

더 이상 찾을 길이 없다.

"이제…… 어떡하지?"

미야비와 레이나가 매달리는 눈빛으로 날 올려다봤다.

하지만 나도 똑같은 질문을 나에게 던지고 있었다. 그리고 답은 나오지 않았다.

"서, 선배, 선배가…… 거, 걱정인…… 거예요."

눈동자에 눈물을 글썽이는 레이나를 달래듯이 작은 머리에 손을 올려 부드럽게 쓰다듬었다.

"괜찮아. 리제르 선배잖아. 분명 불쑥 돌아올 거야."

"──그렇진 않을 거다."

한 남학생이 아무도 없는 복도를 걸어왔다.

"게르트……."

아직 붕대와 반창고를 붙이고 있는 게르트가 우리 앞에 왔다.

"이대로 있으면 히메가미 리제르는 돌아오지 않아."

난 무심결에 게르트의 멱살을 잡아 벽에 밀어붙였다.

"무슨 소리야?!"

게르트는 괴로운 표정을 짓고 쉰 목소리로 대답했다.

"아, 아스피테다…… 히메가미 리제르를, 잡아갔다."

"……?!"

난 게르트를 놓았다.

"아스피테…… 그 녀석이."

게르트는 콜록거리면서 목을 손으로 문질렀다.

"콜록…… 참나…… 알겠나, 잘 들어. 아스피테는 히메가미 리제르를 자신의 카드로 더할 생각이다. 널 죽이고 말이야."

"날, 노리고 있다는 건가……."

"그래. 지금 너희를 함정에 빠뜨릴 준비를 하고 있지."

──뭐야?

게르트는 수상쩍다는 표정을 짓는 우리를 개의치 않고 이야기를 계속했다.

"내일 초대장이 올 거다. 학원의 경기장에 너희를 불러내 히메가미 리제르의 눈앞에서 너희를 죽이려는 거다. 그리고 히메가미 리제르의 마음을 꺾어 굴복시키는 거지."

"……그런 걸 말해도 되나?"

게르트는 자조적인 웃음을 지었다.

"말한 김에 가르쳐주는 건데, 이게 아스피테의 은신처가 있는 장소다."

그렇게 말하며 안주머니에서 메모를 꺼내 나에게 건냈다.

"히메가미 리제르는 여기에 감금되어 있다."

"……괜찮아? 게르트. 이런 짓을 하면, 넌──."

"어쩔 수 없잖아. 그야…… 그."

말하기 거북한 듯, 약간 수줍어하는 표정으로 얼굴을 옆으로 돌렸다.

"친구…… 잖아? 우린 말이야."

"게르트…… 너."

미야비가 놀란 목소리를 냈다.

"호, 호의를 베풀었어?!"

레이나도 눈을 반짝이며 나와 게르트를 번갈아가며 봤다.

"굉장해요, 굉장해요! 이게 남자의 우정이라는 건가요?!"

게르트는 얼굴을 새빨갛게 물들이며 소리쳤다.

"시, 시끄러! 아아, 진짜! 빨리 받아!"

나에게 메모지를 떠밀 듯이 내밀었다. 난 그 메모를 받고,

"이 은혜는 잊지 않을게. 게르트."

"그런 것보다, 숨어들 방법을 생각해야지. 허술해지는 건 한밤중부터 새벽까지다. 조심하라고."

의외로 세심하게 배려해주는 게 뭔가 우스웠다.

"실실 웃고 있을 때냐. 알겠냐? 아스피테는 괴물이라고."

"……괴물인가."

"그래. 마력도 장난 아니고, 마술식의 정밀도도 터무니없이 높아. 그것만으로도 괴물인데, 그 고유 마법…… '월드 · 리비전'은 위험하다고."

──'월드 · 리비전'?

"그건 도대체 어떤 마법이지?"

"일종의 결계 마법…… 인 것 같아."

"……확실하지 않네. 결계라고 하면, 하이다의 '킵 아웃' 같은 건가?"

"그딴 게 아냐! 그렇다고 해도, 나도 아스피테가 뭘 하고 있는지는 잘 몰라…… 다만, 그 결계 안에서는 아스피테는 무적이다. 그건 마왕, 아니면 신이야."

마왕이자, 신이라고?

"……내가 할 수 있는 건 여기까지다. 뭐, 건투를 빈다. 네가 안 되면…… 너 다음으로 살해당하는 건 나일테니까."

그런 말을 남기고 떠나는 게르트의 등에,

"그래. 리제르 선배는 반드시 구하지. 그리고 너도 죽게 두지 않을 거야."

그런 말을 던지니, 게르트는 등을 돌린 채로 엄지를 세운 주먹을 들어 올렸다.

◇ ◇ ◇

날짜가 바뀌고, 우리는 드디어 구출하러 가기로 했다.

아스피테의 저택은 학원에서 3킬로 정도 떨어진 곳에 있었다. 근처까지는 유우가오제 가의 차를 타고 왔고, 지금은 걸어서 목적지에 향하고 있다.

"이제 곧 도착이네……."

게르트의 메모에 저택의 간단한 배치도와 평소에 사용되지 않는 방의 장소가 적혀있었다. 덕분에 잠입 자체는 아마 문제가 없을 것이다.

"싸우지 않고 리제르 선배를 구출하는 게 베스트인데."

"맞아요 맞아요. 하지만 아스피테에게 들키면……."

"음~, 그렇게 되면 잽싸게 도망가거나, 팍팍 강행돌파 해야 하지 않아?"

"그래…… 하지만."

게르트에게 말은 그렇게 했지만, 상대는 귀족. 그것도 우승 후보라는 말까지 나오고 있는 【월드】 아르카나를 가진 남자.

인간인데다가 미숙한 내가 상대할 수 있는 상대가 아니다.

과연 이 셋이서 이길 수 있을까……?

그런 불안에 짓눌리면서, 불빛이 적은 길을 나아갔다. 이윽고, 아스피테의 저택의 벽이 보이기 시작했다.

그 앞에서 팔짱을 끼고 서 있는 사람의 그림자가 있었다.

――설마, 매복?!

그 그림자가 천천히 우리가 있는 쪽으로 걸어왔다. 가로등 아래로 다가온 그 모습은,

"다 같이 밤 산책이라도 하는 거야?"

――――호시가오카 스텔라?!

"스텔라야말로…… 왜 이런 곳에?"

그러자 【스타】의 마왕 후보 스텔라는 다 알고 있다는 듯이 미소 지었다.

"아스피테한테서 리제르를 되찾으러 가는 거지?"

"윽?! 어떻게 그걸?!"

스텔라는 '이런이런'이라는 말을 하고 싶어 하는 것처럼 어깨를 으쓱였다.

"날 얕보면 곤란하지. 나도 마왕 후보라고. 그 정도의 정보는 들어와. 그래서 승산은 있어?"

말문이 막힌 나를 본 스텔라는 눈살을 찌푸렸다.

"【월드】아르카나는 강해. 가장 유력한 차기 마왕 후보라고 불리고 있으니까."

그렇게나…… 말인가.

내 등에 식은땀이 축축하게 배어났다.

"한 번 더 물어볼게. 승산은 있어?"

솔직히 말해서 그런 건 없다. 하지만——,

"꼭 가야만 해."

내 대답에 스텔라는 후훗 하고 웃음을 흘렸다.

"그렇구나~, 비장한 결의를 했다 이거구나."

춤추는 듯한 발걸음으로 내 옆으로 오더니 친근하게 어깨에 손을 올렸다.

"아스피테 말인데……."

녹색으로 반짝이는 눈동자가 불가사의하게 빛났다.

"——내가 죽여줄까?"

"엑?!"

아스피테를? 스텔라가?

다시 말해서 우리에게 협력해준다는 말이다.

미야비와 레이나를 보니, 둘 다 백만 대군을 얻은 것처럼 기쁜 표정을 짓고 있었다.

"그, 그거, 정말이야?!"

"그런가요?! 그런가요?!"

나는 다시 한번 자신만만한 스텔라의 미소를 바라봤다.

나는 알 수 없지만, 스텔라에게는 아스피테에게 이길 수단이 있다. 난 이전에 리제르 선배가 스텔라를 '괴물'이라고 부른 것을 기억해냈다.

내 목소리도 자연스럽게 들떴다.

"고마워! 살았다. 스텔라가 힘을 빌려준다면 분명 구할 수 있을 거야."

스텔라는 빙긋이 웃고 검지를 세웠다.

"단, 한 가지 조건이 있어."

"뭐야? 내가 할 수 있는 일이라면──."

"리제르는 내가 가져갈 거야."

"────?!"

리제르 선배를…… 이라니, 뭐?

"자, 잠깐만! 무슨 소리야, 그게!"

"그러니까 아스피테를 쓰러뜨려 주는 대신 리제르는 내 카드로 삼는다는 거야."

"그럴 수가! 난 리제르 선배를 구하고 싶어서……!!"

"그러니까 구해줄게."

"아니, 그게 아니라──."

"아스피테의 성격은 알고 있지? 자신을 거스르는 자는 용서하지 않아. 거기다가 리제르에게 푹 빠져 있었으니 말이야. 분명 리제르도 조교당해서 성노예 같은 취급을 받을 거야. 그래도 좋아?"

"······?!"

"난 리제르를 소중히 다룰 거야. 그건 약속할게."

——어떡하면 좋지?

확실히 아스피테한테서 리제르 선배를 구하려면 스텔라에게 부탁하는 게 최선이다.

하지만 그렇게 하면······ 난 리제르 선배를 잃는다.

하지만 고집을 부려서 리제르 선배를 구하지 못하면······ 뿐만 아니라 미야비와 레이나까지 아스피테의 손에 떨어지면······!!

"후훗, 이해한 것 같네. 그럼 악수로 계약을 맺을까."

스텔라는 영업용 미소를 지으며 오른손을 내밀었다.

"악수회도 하고 덤까지 붙어서 오니 이득 아냐?"

그렇다. 무엇보다도 리제르 선배의 신변의 안전이 제일이다.

난 오른손을 앞으로 내밀어——,

"······아니."

허공을 움켜쥐듯이 주먹을 쥐었다.

"제안은 고맙지만······ 스스로 어떻게든 할게."

"흐음~······."

나는 흥이 깨졌다는 듯이 반쯤 눈을 감은 스텔라를 똑바로 쳐다봤다.

"리제르 선배는 이렇게 말해줬어. 난 마왕이 될 수 있다고. 그리고 자신의 모든 것을 나에게 걸어줬어. 그냥 인간이었던 나를, 악마 귀족이자 스스로 마왕 후보가 될 수 있는 리제르 선배가 그랬단 말이야. 그런 선배를 구출하는 걸 다른 사람에게 부탁하고, 그 대가로 선배를 넘기다니…… 그건 리제르 선배에 대한 배신이야! 난 그럴 수 없어!!"

스텔라는 한숨을 쉬고 허리에 손을 댔다.

"네 실력을 보겠어."

난 스텔라에게 등을 돌리고 미야비와 레이나에게 손을 내밀었다.

"미안해. 멋대로 정해서."

"아냐. 똑 부러져서 좋았어!"

"맞아요 맞아요! 스텔라 씨에게 부탁했으면 리제르 선배는 화냈을 거예요."

난 둘에게 웃음으로 답했다. 그리고 둘은 내 손을 잡고──,

난 계획대로 마법진을 발밑에 전개했다.

'트랜자트'가 기동되었고, 다음 순간── 우리는 아스피테의 저택 안으로 이동했다.

◇ ◇ ◇

전이한 곳은 빈방처럼 보였는데 인기척도 없거니와 가구도 없는 텅 빈 방이었다. 넓이는 네 평 정도.

"크……."

셋이 함께 전이하는 건 역시 힘들었다. 나도 모르게 휘청거리고 그 자리에 무릎을 꿇었다.

"괘, 괜찮은가요, 유우토 씨. 어디 아픈가요? 물 마실래요?"

레이나는 당황해서 내 몸을 쓰다듬고, 열이 없는지 확인하기 위해 이마에 손을 대줬다. 변함없이 과보호 하는 모습이 좋은 의미로 긴장감을 풀어줬다.

"마력을 다 썼을 뿐이야. 미안한데, 회복시켜줄 수 있어?"

"무, 물론 물론이죠."

그렇지만 레이나는 중학생이고 유아체형이다. 무리한 부탁을 한 건 아닌지 조금 걱정됐다.

레이나는 무릎을 꿇고 앉아 내 머리를 끌어당겼다.

"누, 누워주세요."

"이…… 이건."

무릎베개?!

이런 방법도 있는가!

레이나의 다리는 얇다. 하지만 아이 특유의 부드러움과 여리여리함이 뭐라 표현할 수 없는 편안함을 가져다줘서 따뜻한 마력이 내 속에 채워져 갔다.

게다가 작은 손이 내 머리를 살짝 쓰다듬어줬다. 그 손바닥에서는 나에 대한 배려와 친애가 전해져왔다.

이런…… 상황이 이런데도 너무 편안해서 잠들어버릴 것 같다.

"유우토도 참, 흐물흐물한 표정을 짓네."

미야비가 내 옆에 무릎을 꿇고 내 손을 자신의 가슴으로 이끌었다. 맨살이 다 드러난 가슴골 사이에 내 손이 묻혔다. 매끈매끈한 맨살이 내 손에 달라붙는 것 같아서 이상하게 기분이 좋았다.

"야, 야. 미야비……."

"응♡ 둘이 동시에 공격하는 게 한 번에 회복되잖아?"

"이봐, 지금 공격이라고 했어?"

"헤헤, 시간이 없으니까…… 쌩쌩 가속한다."

양손으로 가슴을 양방향에서 모았다. 그리고 내 손이 부드럽게 압박되었다. 폭신폭신한데도 고압력. 뭐라 표현해야 좋을지 모르겠지만, 아무튼 대단했다.

나는 무릎과 가슴으로 치유를 받으면서 순식간에 마력을 회복했다.

◇ ◇ ◇

저택 안은 어둡고 인기척이 없었다.

이제 모두 잠들었을까?

난 발소리를 죽이고 가장 큰 방으로 향했다. 게르트의 말에 따르면, 리제르 선배는 여기에 사로잡혀 있다.

소리가 나지 않도록 문을 열어 안을 살펴봤다.

"————!!"

큰 방 안쪽에 양손을 높이 들어 올린 리제르 선배가 있었다. 천장에서 뻗어 나온 사슬에 양팔이 묶여있었다. 입고 있는 옷은 어제 쇼핑할 때 입은 것과 똑같았지만, 너덜너덜하게 찢어져서 속옷이 보였다.

————젠장!

난 아스피테에 대한 분노를 억누르면서 큰 방으로 들어갔다. 미야비와 레이나도 주위에 주의를 기울이면서 따라왔다.

큰 방 한가운데까지 왔을 때, 리제르 선배가 고개를 들었다. 공허한 눈동자에 순식간에 생기가 돌아왔다.

"유우토?"

난 참지 못하고 달리기 시작했다.

"리제르 선배!"

"오면 안 돼!!"

절박한 외침에 발이 멈췄다.

뭔가가 내 코끝을 스쳐 지나갔고, 바닥에 깊은 홈이 파였다.

"?!"

눈에 보이지 않는 단두대가 위에서 떨어진 것 같았다. 하마터면 두 동강이 날 뻔했다.

"안타깝게 됐군. 편하게 죽을 수 있었을 텐데."

천장에 구멍이 뚫리고 거기에서 잿빛 머리칼을 가진 남자가 천천히 내려왔다.

"아스피테!"

"누가 내 이름을 부르는 걸 허락했나?"

갑자기 중력이 돌아온 것처럼 아스피테는 힘차게 바닥에 착지했다.

"도망쳐! 유우토!!"

난 리제르 선배에게 웃으면서 대답했다.

"걱정 마세요! 같이 돌아가요."

난 혼자가 아니다. 내 오른쪽에는 미야비가 주먹을 쥐고 있고, 왼쪽에는 이공간에 보관해둔 일본도를 뽑는 레이나가 있다.

"흥. 인간 따위에게는 과분한 카드구나."

아스피테가 손가락을 튕기자 열 명 정도의 남자와 여자가 문을 열고 들어왔다. 모두 마왕학원의 교복을 입고 있었다.

"이 녀석들, 아스피테의 카드인가…… 수가 많지만, 부탁해도 될까?"

내 물음에 미야비가 밝은 목소리로 답했다.

"저 정도는 완전 여유지. 우리한테 떡하니 맡기라고!"

"그치만 그치만, 유우토 씨야말로 혼자서 괜찮나요?"

난 걱정하는 레이나에게 힘차게 대답했다.

"그래. 리제르 선배는 내가 반드시 구해낼 거야!"

내 대답과 동시에 미야비와 레이나는 아스피테의 카드들을 향해 달려갔다.

【월드】의 카드 중 한 명이 방심했는지 미야비의 펀치를 제대로 맞고 상체가 젖혀졌다. 텅 빈 몸통을 레이나의 검이 베어냈다.

"끄아악……!!"

교복이 찢어졌고 눈을 뒤집으며 졸도했다. 교복에 방어 마법이 걸려있어서 두 동강은 안 났지만, 뼈 정도는 부러졌을지도 모른다.

"너희 상대는 우리라고!"

"카, 칼의 녹으로 만들어주겠다예요!"

미야비와 레이나가 창문으로 뛰쳐나가 정원으로 내려갔다. 그러자 아스피테의 카드들도 곧바로 뒤를 쫓았다. 큰 방에는 나와 선배, 그리고 아스피테만이 남았다.

"이 나에게 혼자서 덤빌 줄이야…… 네놈은 인간 중에서도 특히 어리석은 것 같구나."

아스피테는 기가 막힌다는 듯이 중얼거리고 내 쪽으로 걸어왔다.

강력한 공격 마법으로 한 번에 승부를 낼까?

아스피테는 무방비해 보였다. 하지만──,

'경고, 위험이 다가오고 있습니다. 주의해 주십시오.'

아르카나의 목소리가 내 귀에 울렸다.

위험이라고? 하지만 아스피테는 아직 아무런 공격 준비를 하지 않고 있었다.

저 녀석의 존재 자체가 위험이라는 건가?

……하지만 경계만 하고 있으면 이길 수 없다. 실력으로는 녀석이 더 위다. 아무튼 이쪽에서 뭔가를 해서 돌파구를 열어야 한다.

난 오른손을 앞으로 내밀어 마법진을 전개했다.

"'파이자드'!!"

지옥불 같은 불길이 아스피테를 덮쳤다. 그러나──,

"아닛?!"

분명 '파이자드'는 아스피테를 집어삼켰다. 하지만 아스피테를 중심으로 반경 3미터에는 불길이 닿지 않았다. 마치 불꽃 속에 구체가 떠 있는 것 같았다.

"그런가…… 저게 '월드·리비전'."

아스피테가 키르가를 숙청할 때 한순간 보였던—— 그것이다.

"호오. 무지한 인간이라도 그 정도의 지식은 있는가."

아스피테의 눈동자가 반짝이자 나에게 보여주려는 것처럼 고유마법이 모습을 드러냈다.

그것은 마술식으로 만들어진 구체.

하이다의 '킵 아웃'과 비슷하지만, 그것과는 비교가 안 될 정도로 고도에 규모가 큰 마법이었다.

——하지만 '월드·리비전'이 어떤 능력인지 모른다.

내 공격을 막은 걸 보면, '바리카데' 같은 건가?

"가르쳐줘【러버즈】. 저 결계는 몸으로 부딪쳐도 튕겨나가?"

'추측, 물리적인 접촉에는 무효한 것으로 추정됩니다.'

——좋아. 그럼!

난 '맥시마이즈' '알마드' '스트라이드'를 병렬 기동하여 단숨에 아스피테에게 달려들었다. 박찬 바닥이 폭발한 것처럼 튀었고, 다음 순간에는 아스피테의 눈앞에 뛰어 들어가 있었다.

역시 물리적인 공격은 못 막는 건가! 그렇다면!

"우오오오오오오오오오오오옷!!"

나는 초인적인 수준까지 위력이 올라간 펀치를 날렸다.

"——컥?!"

팔이 꺾어지는 듯한 충격이 일었다.

그리고 내 몸은 똑바로 튕겨나가 입구의 문에 처박혔다.

"유우토!!"

리제르 선배의 외침을 듣고 겨우 의식을 붙들었다.

──뭐지, 방금 건.

마치 때린 위력이 그대로 되돌아온 것 같았다.

"왜 그러나? 멋대로 덤비고는 멋대로 튕겨 나가다니. 네놈은 대체 뭘 하고 싶은 거냐?"

아스피테가 깔보듯이 웃으며 걸어왔다.

나는 일어서서 아르카나에게 말을 걸었다.

"야! 저거 물리공격에 무효한 거 아니었어?!"

'해석…… 물리적인 공격을 무효로 하는 것이 아닙니다.'

무슨 소리야?

"어이 인간. 그렇게 큰소리쳐놓고 이 정도로 패배를 인정하는 거냐?"

"그럴 리가 없잖아. 간다!"

물리공격이 안 된다면 마법공격. 밖에서 쏴서 효과가 없다면, 저 결계 속으로 뛰어들어 지근거리에서 쏜다. 원래 마법은 거리를 벌리는 편이 더 유리하지만, 거꾸로 행동해서 의표를 찌른다!

난 경계심을 가지고 '월드·리비전' 안쪽으로 뛰어들었다. 역시 장벽으로서의 기능은 딱히 없었다.

"'디토네이션'!!"

아스피테의 몸과 밀착한 위치에서 대폭발이── 일어나야 했지만,

"……아니."

"왜 그러나? 인간."

아무 일도 일어나지 않았다.

이런 바보 같은 일이. 마력은 아직 충분히 있다. 몸속에 마술 회로가 확실하게 새겨질 정도로 반복해서 연습했다. 그런데 어째서?!

"떨어져라. 무례하다."

아스피테는 가볍게 발을 올려 내 배를 밀었다.

"크학?!"

몸에 엄청난 가속도가 붙었다.

등으로 격한 충격을 느끼고 정신이 아찔해졌다. 어느샌가 아스피테가 멀리 있었다.

아니다.

내가 걷어차인 거다. 몸이 벽에 박혀있다.

"제…… 젠장……."

지금 건 뭐였지? '맥시마이즈'와 '알마드'? 아니, 느껴진 마술식은 딱 하나. 만약 '맥시마이즈'뿐이라면 아스피테의 무릎도 부서져 있을 것이다.

하지만 녀석은 아무렇지도 않다는 얼굴로 서 있었다.

"자, 다음은 아까 전의 보답이다. 계속 그런 곳에 있으면 불에 타죽을 텐데?"

아스피테 앞에 '파이자드' 마법진이 전개되었다.

"빨리 도망쳐! 유우토!!"

리제르 선배의 목소리에 조급해졌다. 벽에서 빠져나오려고 했지만, 몸이 저려서 잘 움직이지 않았다.

'위험지수7. 시급히 방어 또는 회피를 추천.'

젠장!!

나는 스스로의 등에 마법진을 전개했다. 그리고,

"'디토네이트'!!"

벽을 부쉈고, 내 몸은 뒤로 넘어갔다. 아스피테의 '파이자드' 가 코앞 몇 센티 앞을 지나갔다.

"으왓?!"

벽의 파편과 뒤섞여서 복도를 굴렀다. 하지만 한가롭게 있을 수 없었다. 난 바로 일어나서 복도를 달렸다.

"하하하하하하! 벌써 도망치는 거냐! 봐라 리제르! 저게 네가 모시려고 한 마왕 후보의 모습이다!"

젠장! 뚫린 입이라고 지껄이기나 하고!

무심코 발을 멈추니 곧바로 아르카나의 목소리가 울렸다.

'주의환기, 위험이 다가오고 있습니다. 경계를 소홀히 하지 마 십시오.'

"알고 있다고!!"

복도에 나타난 아스피테가 다시 마법진을 전개하고 있었다.

"분명 그다음은 '디토네이션'이었지."

복도 저편에서 시야를 가득 채우는 불꽃과 충격파가 생물처럼 닥쳐왔다.

역시 【월드】의 마왕 후보. 나의 '디토네이션'과는 격이 다르다.

난 도망칠 곳을 찾아 옆에 있는 계단을 바로 올라갔다.

"우와아아아앗?!"

불어 오르는 충격파에 몸이 떴다. 계단의 층계참에 내팽개쳐져서 나도 모르게 콜록거렸다. 그래도 어떻게든 기어오르듯이 2층으로 올라갔다.

일단 어딘가에 숨자!

나는 복도를 달려 아무 문을 열어서 안에 굴러 들어갔다.

헛간 같은 좁은 방이었다.

멀리서 아스피테의 목소리가 들렸다.

"어디에 숨었나?"

"젠장…… 진짜로 괴물이네. 이길 가능성이 있나?"

'해석, 현재 조건으로 승리 확률은 0.0——.'

"됐어, 안 듣고 싶어!"

나는 소리 죽여 말하고 몸을 굽혔다.

"흠…… 찾는 것도 귀찮군."

그런 목소리가 들린 다음 순간, 격렬한 폭발음이 울리고 지붕이 벗겨졌다.

"……아니."

지붕이 뜯겨 하늘 높이 떠올랐다.

"거기에 있었나."

밤하늘에 어렴풋이 빛나는 구체에 감싸인 아스피테가 떠 있었다. 그야말로 왕이 노예를 흘겨보는 것처럼 나를 내려다보고 있었다.

"부유 마법……."

'조언, 저것은 부유 마법이 아닙니다.'

뭐야? 하지만 떠 있잖아.

아까부터 뭔가 이상하다. 아르카나도 틀릴 때가 있는 건가? 하지만 지금은 그보다 이 위기를 어떻게 넘길지를 생각해야 한다.

"항복해라, 인간. 지금 항복하면 목숨만은 살려주마."

아스피테는 바닥에 천천히 내려와 무너진 기둥 위에 앉았다.

"차기 마왕 앞에 무릎을 꿇어라."

"컥?!"

몸이 갑자기 무거워졌다. 무릎을 꿇고 앞으로 쓰러졌다.

뭐…… 뭐지? 이 녀석의 능력은.

이것도 '월드 · 리비전'의 힘인가?

'파이자드'를 지우고, 물리공격을 튕겨내고, '디토네이션'을 무효화했다.

그리고 엄청난 파괴력을 가진 물리공격을 날려도 부서지지 않는 몸.

지붕을 하늘로 날려버리고 자신도 하늘에 떠 있는데 부유 마법이 아니다.

───────?

이 녀석…… 혹시──,

나는 혼신의 힘을 담아 일어섰다.

"큭…… 이해되기 시작했다고. 너의 '월드 · 리비전'의 힘이…….."

"인간 따위가 불손하게…… 이대로 찌부러뜨려 죽여주마."

"어디 해봐."

아스피테의 눈썹이 올라갔다.

"뭐라고?"

"못 하겠지. 만약 그만한 압력을 걸면, 너 자신도 찌부러질 테니까."

"이 자식……."

"굳이 앉은 것도 늘린 중력을 견디기 위해서지."

"나의 '월드·리비전'이 중력 조작 능력이라는 거냐? 인간."

"──아니."

난 아스피테에게 진실을 들이댔다.

"너의 '월드·리비전'의 능력은 **세계의 룰, 원리원칙을 고쳐 쓰는** 능력이다."

아스피테의 표정에 놀라움이 일었다. 그걸 보고 난 확신했다.

"하나의 마법이 그렇게 많은 능력을 겸비하고 있다고 보기는 어렵지. 그렇다면, 네가 보여준 힘을 실현할 수 있는 조건은 그 것밖에 없어. 불꽃이 소멸하는 세계, 타격이 상대에게 튕겨 나가는 세계, 폭발이 일어나지 않는 세계, 중력이 없는 세계──."

"……이 자식."

아스피테의 눈에 분노의 빛이 차올랐다. 하지만 나는 상관하지 않고 계속했다.

"확실히 넌 이 세계에서는 무적이야. 마왕이기도 하고 신이기도 하지. 단……."

난 자신과 아스피테를 둘러싼 입체마법진을 둘러봤다.

"이 작은 세계 안에서만 말이야."

"이 자식이이이이이이이이이이이이이이이이이이이이이이!!"

갑자기 몸에 가해지는 중력이 늘었다. 나무가 꺾이는 소리와 함께 바닥이 꺼졌다.

"으억?!"

부러진 목재와 함께 1층으로 떨어졌다. 마치 연막처럼 연기가 피어올랐다.

"유…… 유우토?! 괜찮아?!"

리제르 선배의 목소리가 들렸다── 그렇다는 건, 큰 방에 떨어진 건가.

"괘, 괜찮아요!"

젠장, 아스피테 녀석, 무리하기는. 자기도 말려들 건데.

나는 일어서서 아스피테의 모습을 찾았다.

"?!"

"유, 유우토……."

어느새 리제르 선배 옆에 아스피테가 서있었다. 리제르 선배의 목을 조르듯이 한 손으로 목을 잡고 있었다.

"'월드·리비전'의 힘을 알아내서 뭐가 어쨌다는 거냐! 네놈에게 승산이 없다는 사실은 변함없다!"

나는 그만 말문이 막혔다.

그건 사실이다. '월드·리비전'의 힘은 일정 범위에만 미친다. 하지만 그 안에서는 녀석은 무적이다. 저 작은 세계 안에서는 아스피테는 말 그대로 마왕이자 신이다.

아스피테는 리제르 선배를 잡은 손끝에 힘을 줬다.

"리제르! 네놈도다! 순순히 내 카드가 되어라! 그렇게 하면 저 인간은 죽이지 않고 봐주겠다!"

하지만 리제르 선배는 동정하는 눈으로 아스피테를 바라볼 뿐이었다.

"이…… 이 몸을, 그런 눈으로 보지마라아아아아아!"

아스피테의 팔에 마술식이 나타나고, 리제르 선배의 몸에 전류가 흘렀다.

"꺄아아아아아아아아아아아!!"

선배의 몸이 부들거리며 경련을 반복했다.

"리제르! 넌 왜 내 말을 듣지 않는 거냐! 난 지금까지 모든 것을 손에 넣어왔다!! 그런데 넌 왜 내 것이 되지 않는 거냐?!"

"그만해!! 아스피테!!"

난 리제르 선배를 향해 달렸다. 하지만 아스피테는 맞받아치듯이 나를 향해 마법진을 펼쳤다.

"'파이자드'!!"

순간적으로 '바리카데'를 전개하여 불꽃을 막았다. 하지만 그런데도 내 몸은 날아갔다.

"큭…… 젠장!!"

아스피테 주위에 다시 입체마법진── '월드 · 리비전'이 나타났다.

'경고, 위험지수9. 시급한 철수를 추천.'

위험지수가 올라갔다.

하지만 여기서 질 수는 없다!!

'파이자…… 으?!"

갑자기 현기증이 나서 몸이 기울어졌다.

'경고, 마력 잔량 5%. 빠른 철수를 추천.'

설마…… 이 상황에, 마력이 떨어졌다고?!

'현재 조건 아래의 승리 확률…… 0%.'

젠장! 이제 나에게는 아스피테를 쓰러뜨릴 방법은 없는 건가?!

"큭…… 아스피테! 마왕 대전에서 날 쓰러뜨리는 건 상관없다! 하지만 리제르 선배를 유괴해서 억지로 굴복시키는 짓은 그만둬!!"

"나에게 명령할 생각이냐, 인간!! 라인 가의 차기 당주로서, 난 모든 것을 손에 넣어왔다! 난 세계 제일이다! 모든 것에 있어서! 강한 자가 약한 자를 착취하는 건 당연하다!"

"아니! 약한 자에게도 생명이 있어! 의지가 있어! 힘 있는 자가 약자의 모든 것을 짓밟아도 될 리가 없어!"

아스피테의 관자놀이에 핏발이 섰다.

"이놈…… 기껏해야 인간, 그것도 가장 약한 【러버즈】 나부랭이가! 네놈 따위는 나의 발판에 지나지 않는다!! 나는 세계의 지배자! 이 세계의 모든 것은 날 위해 존재해야 한다! 그것이 나의 사명! 라인 가의 차기 당주이자 차기 마왕을 약속받은 자의 긍지다!!"

"……그게 너의 세계냐."

"나의 세계가 아니다! 모든 자의 세계다!!"

"사람은 각자 다른 세계를 가지고 있다! 너의 세계를 받아들이는 녀석도 있겠지. 하지만 모든 사람이 받아들이는 건 아니다!!"

"발판 따위의 설교를 들을 생각은 없다!"

아스피테는 난폭하게 리제르 선배의 팔을 잡았다.

"끄아아아아아아아악!!"

선배는 식은땀을 흘리며 몸을 젖혔다.

"리제르! 내 것이 된다고 말해!!"

"그만둬! 아스피테!!"

"지금 네놈의 통각은 보통의 수십 배다. 팔을 꺾어도 제정신으로 있을 수 있는지 시험해볼까?"

리제르 선배의 입에서 절규가 터져나왔다.

"싫어어어어어어어어어어어!!"

리제르 선배!!

"그만둬어어어어어어어어어어어어어어어어어어어어어어어어어어어어어!!"

내 안에서 뭔가가 터졌다.

상대가 우승 후보인 【월드】이고 내가 가장 약한 【러버즈】라고 해도,

상대가 악마 귀족이고 내가 그냥 인간이라고 해도,

그런 건 상관없어.

아스피테,

나는,

너를!

무슨 짓을 해서라도 날려버린다!!

내 안에 얼마 안 남아있던 마력을 태운다.

내가 어떻게 되던 상관없다.

설령 여기서 죽는다고 하더라도, 리제르 선배만은 지켜 보이겠어!!

──가슴에 있는 【러버즈】 아르카나가 빛나기 시작했다.

내 안에서 마력이 불어난다.

온몸에 마력이 가득 차서 순환한다.

마술 기관이 활성화되고, 머리의 처리능력이 비약적으로 상승한다.

──뭐지, 이건?

이상하다.

남은 마력은 '파이자드'조차 쏘지 못할 정도로 적었을 텐데.

단 한 방울의 마력이 수백 배, 수천 배로 증식한 듯한 이 감각은?!

아스피테도 경악하는 눈빛으로 날 보고 있었다.

"뭐…… 뭐냐, 그 힘은…… 그게, 가장 약한 아르카나의, 힘…… 이라고?"

"후…… 후후후."

축 늘어져 고개를 숙인 리제르 선배가 웃음을 흘렸다. 아스피테는 그런 선배를 눈을 부릅뜨고 봤다.

"뭐가 웃기냐?!"

리제르 선배는 너덜너덜해진 모습으로 싱긋 웃었다.

"저게 【러버즈】의 진정한 힘── '인피니트 · 러버즈'."

"뭐…… 라고?"

"자신을 위해서가 아니라 다른 사람을 위해 싸울 때 생기는 고유마법. 소중한 사람을 지키려는 마음이 그대로 힘이 되는…… 우리 악마는 쓸 수 없는 무한한 힘."

"뭐……."

"그래서 【러버즈】의 마왕 후보는 인간이어야만 하지."

아스피테는 경악하는 눈으로 리제르 선배를 쳐다봤다. 그 이마에서 땀이 뿜어져 나왔다.

"설마…… 설마, 네놈은! 일부러 나에게──?!"

리제르 선배의 푸른 눈동자가 차갑게 빛났다.

"너 따위는 내 주인님의 발판이 되는 게 딱이야."

아스피테는 귀신같은 얼굴을 나에게 돌렸다.

"이, 이…… 천한 놈들이! 나의 '월드 · 리비전'을 깨는 술식은 존재하지 않는다! 어떤 마법도 무력하다! 네놈이 죽는다는 사실에는 변함이 없단 말이다!!"

'월드 · 리비전'에 둘러싸인 아스피테가 다가왔다.

저것은 세계 그 자체.

원리와 원칙이 수정된 세계다.

저 안에서 아스피테는 무적. 그리고 바깥에서 공격해도 의미가 없다.

저것을 파괴한다는 것은 즉, 세계를 파괴하는 것과 마찬가지.

녀석의 말대로 그런 방법은 없다── 보통은.

――하지만 난 알고 있다.

세계를 파괴하는 술식을.

이전에 본 마술식을 구축.

그리고 불완전했던 부분을 수정.

사용한 적은 없으며, 지금까지 사용한 자도 아마 없을 것이다. 그야말로 연습 없는 실전.

하지만 반드시 성공시켜 보이겠다!

"간다!!"

내 왼팔에 마술식이 뻗쳤다. 주먹 앞에 마법진이 몇 겹이나 떠올랐다.

아스피테가 의아하다는 표정으로 노려봤다.

"……뭐냐, 그건."

"네 독선적인 세계에 바람구멍을 내줄 창이다."

마법진이 입체화되고 복잡한 기관을 만들어냈다. 다음은 여기에 쏟아 넣을 마력!

"내 마력을 전부 투입한다! 그래서 얼마나 박살 낼 수 있지?!"

'추측, 부피로 환산해서 가로세로 2미터. 달성률은 약 10%.'

충분하다!

"간다 아스피테에에에에에에에에에에에!!"

평범하게 달려갔다.

마력도 처리능력도 왼손에 마법 하나를 거는 게 고작이다. 그 외에는 아무런 마법도 쓸 수 없다.

하지만!

아스피테는 만반의 준비를 하고 기다리는 것처럼 양팔을 벌렸다.

"내 세계로 뛰어 들어와라! 들어온 순간, 네놈은 죽는다! 어떻게 죽을지는 기대해라아아아아아아아아아아아!!"

나는 왼손을 앞으로 내밀어 '월드 · 리비전'으로 뛰어들었다.

"흐하하하하하하! 바보가──."

'월드 · 리비전'의 술식이 튕겨나갔다.

도형이, 문자열이 무너져 흩날렸다.

"뭐──."

왼손으로 '월드 · 리비전'을 굴착했다.

내 왼손에 전개된 세계붕괴의 마법이 파괴했다.

이것은 미해결 마술식 중 하나.

언젠가 수업에서 본 세상을 파괴하기 위한 마술식── '월드 · 폴'.

그렇다고는 해도 온 세상을 파괴한다는 건 허황된 이야기다.

막대하게 불어난 내 마력으로도 파괴할 수 있는 건 가로세로 2미터.

하지만,

지금은 이걸로 충분하다.

이 '월드 · 리비전'이라는 세계에 구멍을 뚫기에는!

왼손이 아스피테의 세계를 붕괴시켰다.

파괴할 수 있는 부분은 아주 약간,

하지만 아스피테가 있는 곳까지 닿으면 된다!!

그리고——,

"아스피테! 네가 얼마나 강력한 마법을 가지고 있든, 막대한 마력을 자랑하든, 그것이 너의 한계다! 넌 왕이 될 자격이 없어!!"

난 들어 올린 오른손을——,

"우오오오오오오오오오오오오오오오오오오오오오오오오오오오오오오!!"

혼신의 힘을 담아 아스피테의 안면에 때려 박았다.

"크억……?!"

충격이 아스피테의 머리를 흔들고 의식을 베어냈다.

눈이 뒤집힌 아스피테와 함께 나도 쓰러졌다.

그 순간,

아스피테의 의식과 함께 '월드·리비전'의 입체마법진도 사라졌다.

"유우토!!"

리제르 선배가 구속하고 있던 사슬을 풀고 내 곁으로 달려왔다.

"리제르 선배…… 죄송해요. 구하러 오는 게 늦어져서……."

선배는 내 몸을 안아 일으켜 크고 부드러운 가슴으로 껴안았다. 나를 보는 눈동자에는 눈물이 반짝이고 있었다.

"아니야…… 나야말로 미안해. 이렇게 위험하고…… 괴로운 일을 겪게 해서."

무너지기 시작한 큰 방의 벽에 구멍이 뚫리고 두 사람의 모습이 뛰어 들어왔다.

"어어~이! 이쪽은 쓱싹 해치워서 도와주러 왔어!!"

"맞아요 맞아요!! 아니…… 어라?"

미야비와 레이나는 이제는 폐허나 마찬가지인 큰 방을 보고 놀라움을 감출 수 없었다. 그리고 쓰러져 있는 아스피테를 보고 펄쩍 뛰어 올랐다.

"오옷~! 대단해, 유우토! 진짜로 아스피테를 쓰러뜨렸구나!"

"맞아요 맞아요! 그, 그치만, 괜찮은가요?! 다친 곳은? 어디 아픈 곳은 없나요?!"

괜찮다고 말하고 싶었지만 의식이 몽롱해지기 시작했다. 그래서 나는 리제르 선배에게 정말 궁금한 것을 물어봤다.

"……선배, 이번 평가는, 몇 점인가요?"

선배는 어리둥절한 표정으로 고개를 갸웃했다.

"……점수는 줄 수 없어."

엑?! 역시 선배가 그런 꼴을 당하기 전에 구하지 못해서?

희미해져 가는 의식 속에서, 마치 꽃이 핀 것처럼 아름답고 사랑스럽게 웃는 얼굴이 가까워졌다.

"너무 최고라서, 점수 같은 건 매길 수 없어."

리제르 선배의 달콤한 입술이 닿았다.

Epilogue

아스피테의 저택과 그리 멀지 않은 맨션 옥상에서 두 마왕 후보가 일이 어떻게 되어 가는지 처음부터 끝까지 보고 있었다.

"아하하하하하! 저게 뭐야?! 설마 펀치?! 그냥 때렸을 뿐이잖아! 저걸로 마왕 후보의 싸움에 승부가 나버리는 거야?! 믿을 수가 없네!! 아하하하하하하하하."

호시가오카 스텔라는 기분이 아주 좋아서 웃음이 멈추지 않는 모양이었다.

또 한 명의 소녀, 네이트 · 카르낙은 가슴을 쓸어내리며 안도의 한숨을 내쉬었다.

"다행이다…… 리제르."

"뭐야, 그렇게 신경 쓰이면 도와주는 게 좋지 않았어?"

"아냐…… 난, 싸움은…… 좀."

네이트는 【채리엇】이라는 잘 밀어붙일 것 같은 아르카나인데도 나약하고 소극적이었다.

스텔라는 '못 말려'라고 말하고 싶어 하는 듯한 기색으로 네이트를 한 번 보고 폐허로 변한 저택으로 시선을 돌렸다.

"그건 그렇고, 꽤나 재밌네…… 【러버즈】의 마왕 후보."

눈을 쓱 가늘게 뜨는 스텔라에게 네이트는 걱정스러운 목소리로 말을 걸었다.

"스텔라도…… 뭔가 할 생각이야?"

"글쎄? 그래도 내가 안 건드려도 다른 녀석들이 가만 안 두지 않을까?"

네이트는 더욱 불안한 표정을 지었다.

"……그런, 가."

"그렇지. 그도 그럴 게, 【월드】의 마왕 후보 아스피테를 쓰러뜨렸잖아? 그것도 【러버즈】의 마왕 후보가. 그것도 인간이!"

"응…… 그렇네."

"모리오카 유우토, 인가……."

리제르에게 안기는 유우토를 바라보며,

"앞으로 며칠── 살아남을 수 있을까?"

스텔라는 어딘가 즐거운 듯이 중얼거렸다.

◇ ◇ ◇

정신을 차리니 검정과 핑크와 흰색, 세 마리의 바니걸이 서있었다.

"정말로 이런 차림을 하는 거야?"

"선배도 참~ 체념을 못 하네~. 아까 정했잖아."

"그치만 그치만, 레이나는 가슴 부분, 이 헐렁헐렁해서……보여요."

……여긴 천국인가?

에나멜 소재 바니걸 의상에 망사 타이츠. 엉덩이가 이쪽을 향하면 하얗고 둥근 꼬리가 팔랑거린다.

세 마리 중 검은 머리칼을 가진 검은 바니는 완벽한 바디 스타

일을 자랑했다. 악마지만 여신처럼 아름다웠다.

핑크 바니는 금발에 포동포동해서 커다란 엉덩이와 가슴을 바니걸 의상이 주체하지 못하는 느낌이 굉장했다. 그야말로 섹시 바디.

하얀 바니는 그야말로 티 없는 매끈매끈 바디. 오히려 범죄의 냄새밖에 안 난다. 당장이라도 의상이 슥 벗겨지지는 않을까 걱정됐다.

그렇게 빤히 보고 있으니 미야비가 알아차렸다.

"아, 빠릿빠릿해졌어? 유우토?"

"여긴…… 어라? 내 방?"

"조, 좋은 아침, 인 거예요."

아무래도 여기는 천국이 아니라 집인 것 같다. 죽진 않은 것 같다.

"난, 왜……."

리제르 선배는 침대 옆에 앉아서 내 볼을 어루만지듯이 쓰다듬었다.

"아스피테의 저택에서 널 옮겨왔어. 정말 피곤했나보구나. 하루 반나절을 계속 잠들어 있었어."

시계를 보니 한낮이었다.

"죄송해요. 번거롭게 해서……그런데, 왜 바니걸?"

"그건……."

리제르 선배가 볼을 붉히며 고개를 숙였다.

레이나도 부끄러운 듯이 몸을 배배 꼬았다. 그 순간 바니걸 의상의 가슴 부분이 훌렁 젖혀져 색이 옅은 젖꼭지가 보인 듯 한── 하지만 눈물 어린 눈으로 서둘러 옷을 고치고 있으니 안 보였던 걸로 하자.

한편, 미야비는 자랑스럽게 섹시 포즈를 취하며 나에게 윙크.

"자는 동안 치유해줬지만 전혀 안 일어나니까 말이야~. 정신을 차렸을 때의 서프라이즈? 랄까, 열심히 한 상이랄까!"

몸을 일으킨 내 옆으로 당연하다는 듯이 몸을 가까이 붙이는 미야비. 바니걸 의상에서 엿보이는 가슴의 계곡이 너무 깊어서 보고 있으면 조난당할 것 같았다.

황급히 눈을 돌리니,

"부끄러워하지 않아도 괜찮아~. 유우토라면 얼마든지 봐도 좋으니까……."

미야비는 커다란 가슴을 내 팔에 밀어붙였다. 형태가 일그러져 가슴이 의상에서 흘러넘칠 듯했다. 다시 시선을 빼앗기고 말았다.

"보고만 있지 않아도…… 괜찮다구? 유우토라면, 무엇을 해도."

"하와와와와왓?!"

미야비의 대담한 발언에 레이나는 새빨개진 볼을 식히는 것처럼 양손으로 눌렀다. 당연히 의상의 가슴 부분은 훌러덩.

리제르 선배는 어찌하고 있느냐 하면, 볼을 빨갛게 물들이고 입을 꾹 다물고 있었다. 으그그그…… 하는 목소리가 들려올 것 같은 느낌이 들었다.

"미야비, 유우토도 정신이 들었으니 이제 돌아가서 쉬어. 이 다음은 내가 할 테니까."

리제르 선배는 명백한 대항 의식을 불태우며 내 팔을 가슴에 껴안았다.

"선배야말로 쉬지? 이제 그럴 나이도 됐으니까."

"한 살밖에 차이 안 나잖아!! 그리고 아직 생일도 안 지났으니까 16살이야!"

리제르 선배치고는 엄청 열을 내고 있어서 깜짝 놀랐다. 제로부터 갑자기 레드존으로 뛰어든 느낌이다.

"뭐어~ 하지만 그 왜, 잠이 부족하면 살찐다고 하니까."

"사, 살 안 쪘어! 살 안 쪘다고!! 괜한 트집이야! 누명이야! 영양사도 제대로 붙여서 칼로리 컨트롤도 하고 있다고!"

하고 있구나…… 다이어트.

역시 리제르 선배에게 체중 이야기를 하는 건 금기인 것 같다. 가차 없이 금기를 깨는 미야비도 대단하지만, 분명 일부러 그러는 거겠지.

"저, 저기 저기! 레이나가 가장 먼저 잠들어버렸으니까, 레이나가 보고 있을게요! 선배님들은 쉬어주시는 거예요!"

땀을 흘리며 필사적으로 이 상황을 수습하려고 하는 레이나. 단, 평평한 가슴을 다 드러낸 채로. 그 배덕적으로 야한 모습을 본 리제르 선배와 미야비의 표정이 사나워졌다.

"레이나…… 무서운 아이야."

"우와, 몸을 써서 점수를 따려고 하다니! 나도 팍팍 딸 거야!"

이런 일이 일어나도 되는 걸까. 그렇게 말하면서 안 그래도 위험한 가슴팍을 넓히려고 했다.

"헤? ……하와아아아와와와와."

이제야 깨달은 레이나가 서둘러 가슴 부분을 걷어 올렸다.

그 때, 또 다른 카오스가 발소리를 내며 2층으로 올라왔다.

"유우~! 정신을 차렸구나!!"

"유우토! 괜찮냐아아…… 아아아앗?!"

어머니와 아버지가 방에 뛰어 들어왔다. 그리고 돌연 아들의 방에 문을 연 바니걸 바를 보고 말을 잃었다. 어머니는 바로 아버지를 방에서 쫓아냈다.

여전히 은근 너무하네, 어머니.

"뭐야 이게? 무슨 소란이야?!"

"저, 저기…… 이건, 그러니까."

그 대단한 리제르 선배도 우물쭈물.

"알았다! 파티구나! 젊으니까 과격하게 놀고 있는 거구나! 그럼 엄마도 입는 편이 좋을까? 입는 편이 좋겠지? 그야 엄마는 아직 젊잖아!!"

아니, 당신 40세 전후잖아. 겉모습은 제쳐두더라도.

내 방의 혼란함은 가중되었고 웃음으로 감싸였다.

이번에는 어머니와 아버지에게도 폐를 끼쳤다. 둘 다 무사했지만, 그래도 두 번 다시 말려들게 하고 싶지 않다.

그리고 리제르 선배와 미야비, 레이나도 되도록 위험한 꼴을 당하게 하고 싶지 않다.

하지만 앞으로 더 무서운 마왕 후보가 나타날 것이다.

그래도 나는 모두를 지키고 【러버즈】아르카나와 함께 마왕 대전을 이겨내고 차기 마왕을 노릴 것이다.

세 마리와 한 마리의 바니걸 사이에서 이리 치이고 저리 치이면서, 나는 그렇게 결의했다.

마왕학원의
반역자

후기

쿠지 마사무네입니다. 본 작품을 손에 들어 주셔서 정말 감사합니다.

드디어 출간한 '마왕학원의 반역자'!!

서브 타이틀은 '인류 최초의 마왕후보, 권속 소녀와 왕좌를 노린다'!

마장학원에 이어서 마ㅇ학원 시리즈. 한 글자가 다르네요(웃음).

장르는 학원+악마+미소녀+마술+배틀+판타지+H!! 와 엔터테인먼트로 달린 작품입니다. 어떤 내용이냐 하면——,

마족—— 소위 마족에게 지배 당하는 세계. 그런 세계에서 어째서인지 차기 마왕 후보로 선택받은 평범한 인간—— 모리오카 유우토. 하지만 전학 간 마족의 학원에서 인간이라는 이유로 차별을 받는다.

그런 유우토에게 권속으로 삼아달라며 부탁하는 악마 소녀들. 소녀들에게는 유우토가 마왕이 되면 좋겠다고 바라는 이유가 있었다.

권속 소녀의 힘을 빌려 악마들의 학원 '마왕학원'에서 자기보다 훨씬 강한 마왕 후보들을 쓰러뜨리고 출세해 나간다——!!

——이런 내용입니다!

읽기 쉽고 전개가 빠르니, 분명 한 번에 다 읽어버리지 않을까요?!

그리고 또 한 가지 매력은 뭐니 뭐니 해도 일러스트죠!! kakao 씨의 에로하고 귀엽고 아름다운 일러스트는 훌륭합니다! 예쁘기만 한 게 아니라 어딘가 쿨함과 멋짐이 느껴지죠. 그게 '마왕학원의 반역자'에 딱 맞는 것 같습니다!

캐릭터 디자인 센스도 확실해서 멋짐과 신비함이 감도는 세계관을 잘 표현해 주셨습니다. 꼭 사서 리제르 일행을 집으로 데려가 주세요.

그리고! 또 한 가지 중대한 공지가……!!

사실은 이 '마왕학원의 반역자' 코미컬라이즈 기획이 진행중입니다!!

거짓말 같은 실화. 원작 소설이 나오기 전에 코미컬라이즈가 결정된 건 WEB소설이 아니라 단행본 소설에서는 울트라 레어일지도?

게재하는 곳은 도라도라 샤프# (Comic Walker & 니코니코 만화)!!

코미컬라이즈라기보다는 새로 연재하는 오리지널 만화라는 생각을 가지고 시작하고 싶습니다! 내용은 비주얼적으로 돋보일 거라 생각하는데(여러가지 의미로) 소설판보다 재밌어져버리면 어떡하지……?! 만화판도 꼭 읽어주세요!!

그래서 이번 작품을 완성할 때까지는 여러 우여곡절이 있어서 '마장학원 HxH'의 1권을 방불케 하는 일도 있었지만 어떻게든 극복했습니다.

게다가 집필 중에 제사가 잇따라서 격주로 이와테 현으로 가

세 되었는데…… 덕분에 장례식 틈틈이 대기실에서 플롯을 쓴다는 억척스러운 작업을 처리하게 되었습니다.

그런 느낌으로 모리오카 주변을 방랑하면서 작업을 진행한 탓에 주역 캐릭터의 이름이 이와테 현의 지명이 되고 말았습니다. 아니, 절대로 시간이 없어서 적당히 붙인 게 아니라구요? 진짜라구요?

마왕학원에서는 중요한 요소로 '마왕의 아르카나', 즉 타로카드가 등장합니다. 초등학생, 중학생 시절에 동경해서 점을 쳐보려고 했지만, 카드를 어떻게 읽어내야 할지 몰라 좌절했다는 그립고도 아픈 추억이 되살아났습니다.

자료로 쓰려고 오랜만에 타로카드를 사러 갔는데, 다양한 디자인을 가진 카드가 있어서 놀랐습니다. 일본풍인 것도 있었고 섹시한 것도 있는 등 실로 풍부했습니다. 방심하면 컬렉션으로 모아버릴 것 같습니다. 마왕학원이 잘 팔리면 사야지.

이번에 유우토는 (일단은) 위기를 넘겼지만, 이런 건 서론에 불과합니다. 다음부터가 진짜! 다른 마왕 후보—— 진정한 괴물들, 최강의 악마들이 차례차례 등장! 어떤 녀석들일까? 어떤 능력을 가지고 있을까? 기대해 주세요!

그리고 마왕 후보뿐만 아니라 카드 쟁탈전도 본격화?! 마왕대전은 어떻게 우수한 카드를 모으느냐가 중요하죠. 하지만 강력한 카드도 궁합이 나쁘면 힘을 발휘할 수 없습니다. 어떤 카드가 등장하는지도 기대해 주세요.

마력 공급도 어떤 플레이…… 아니, 내용이 될지…… 일부 독자 분들은 궁금해 할지도 모르겠네요. 그러고 보니 유우토는 아직 리제르 선배의 가슴을 스스로 만진 적이 없네요. 다음 권에서는 제대로 만질 수 있을 것인가?!

그런 느낌으로 의견, 요망도 기다리고 있습니다! 감상도 인터넷이나 SNS에 올려주시면 감사하겠습니다.

트위터 계정 @Kuji_Masamune (https://twitter.com/Kuji_Masamune)에도 정보를 올려나가니 잘 부탁드립니다!

그럼 감사 인사를 하겠습니다. 멋진 캐릭터 디자인과 일러스트 감사합니다! kakao씨! 수고하셨습니다. 편집자 I씨. 드래곤에이지 편집부 T씨. 그 외 출판에 힘써주신 많은 분들. 그리고 이 책을 사주신 독자 여러분. 정말 감사합니다.

그럼 제2권에서도 최강을 무찔러라!!

쿠지 마사무네

MAO GAKUEN NO HANGYAKUSHA ～JINRUI HATSU NO MAO KOHO,
KENZOKU SHOJO TO OZA WO MEZASHITE NARI AGARU～
©Masamune Kuji, kakao 2019
First published in Japan in 2019 by KADOKAWA CORPORATION, Tokyo.
Korean translation rights arranged with KADOKAWA CORPORATION, Tokyo.

마왕학원의 반역자 1 ~인류 최초의 마왕후보, 권속 소녀와 왕좌를 노린다~

2021년 6월 14일 1판 3쇄 발행

저　　　자 쿠지 마사무네
일 러 스 트 kakao
옮 긴 이 박정철
발 행 인 유재옥
본 부 장 조병권
담 당 편 집 정영길
편 집 1 팀 이준환, 박소연
편 집 2 팀 정영길, 김민지, 조찬희
편 집 3 팀 오준영, 곽혜민, 김혜주
미　　　술 김보라, 서정원
라 이 츠 담 당 김슬비, 한주원
디 지 털 박상섭, 이성호, 최서윤
발 행 처 ㈜소미미디어
인 쇄 제 작 처 코리아피앤피
등　　　록 제2015-000008호
주　　　소 서울 마포구 토정로 222, 403호(신수동, 한국출판콘텐츠센터)
판　　　매 ㈜소미미디어
마 케 팅 한민지, 이주희
물　　　류 허석용
전　　　화 편집부 (070)4164-3962, 3963 기획실 (02)567-3388
　　　　　　판매 및 마케팅 (070)4165-6888, Fax (02)322-7665

ISBN 979-11-6507-978-9 (04830)
ISBN 979-11-6507-977-2 (세트)